快餐文学坊报 第二辑·散文

月光里的神话

耿林莽◎著

新疆美术摄影出版社
新疆电子音像出版社

图书在版编目（ＣＩＰ）数据

月光里的神话 / 耿林莽著. — 乌鲁木齐：新疆美术摄影
出版社：新疆电子音像出版社，2013.12　（2015年3月重印）
　　ISBN 978-7-5469-4382-4

　　Ⅰ．①月… Ⅱ．①耿… Ⅲ．①散文集 – 中国 – 当代
Ⅳ．①I267

中国版本图书馆 CIP 数据核字（2013）第 228410 号

选题策划　于文胜
总 主 编　温　倩
本册主编　王　正

月光里的神话　　耿林莽　著

责任编辑　王永民
制　　作　乌鲁木齐标杆集印务有限公司
出版发行　新疆美术摄影出版社
　　　　　新疆电子音像出版社
地　　址　乌鲁木齐市经济技术开发区科技园路5号
邮　　编　830026
印　　刷　三河市燕春印务有限公司
开　　本　787 mm×1 092 mm　　1/16
印　　张　11
字　　数　114千字
版　　次　2015年3月第2版
印　　次　2015年3月第1次印刷
书　　号　ISBN 978-7-5469-4382-4
定　　价　29.80元

目 录 | Contents

第三辑:岁月与人

第四辑：诗是一种慢

第一辑　语词札记

站

一

从一个词语出发：站

"立"+"占"＝站。人活在世上，或坐，或躺，或走，或站，总要占有一定的空间。坐、躺、走、站的常见姿态中，双脚直立站着，是占有面积最小的一种了。

宇宙之大，天地之阔，区区一人，占有的地盘藐乎其小矣。但要觅得一个站住了脚的地方，也不容易。

旧戏舞台上清贫书生穿一袭寒酸的蓝衫，唱道："上无片瓦遮天地"。一片瓦或许比头颅还小些，然而即此也不可得。脚下呢？"贫无立锥之地"。旧时代的贫困人等，要在社会上站住，难矣。

人口问题说到底其实也是个"站"的问题。就业问题说到底其实更是个"站"的问题。"僧多粥少"的矛盾贯串古今，横越中外。当年一批批城市知青涌向农村，是到"广阔天地"接受再教育。由于"广阔"，抡得开胳臂伸得开腿，"站"自然不成问题。而今一批批农村青壮年却又从"广阔"向"窄小"流动，纷纷涌入城市，想在这里"站"住，就颇不轻松了。在低矮工棚中占上一个铺位的民工是有福的，找不到岗游手游足，虽不"好闲"却只能"闲"着，便不自在了，若是穿破衣烂衫，神态又不怎么从容，在豪华宾馆、星级饭店，堂而皇之的什么"度假村""别

墅""公寓"大厦门前"站"几分钟试试,保安们挥手相驱,用那鄙夷的目光瞪你几眼,你还不得立马转身而去,"站"得住么?

二

站的物化形态是又一番风情。汽车站、火车站、船码头、飞机场,是车、船、飞机们由动转静,或由静而动的转折点,走着走着,不走了,"站"一下,这个称为"站"的地方,便会热闹非常,成为人来人往,人流穿梭之处。"站"的静止带来了人的流动,车的流动,船的流动,飞机的起降飞行。"站"也者,"不站"也。

站是空间的标志,又是时间流动最为敏感的场所。时间的精确度是每一趟列车每一架班机必须严格保证的正点,分秒必争。而人,来来往往的人,不过是短暂的过客。"站"即"暂",等车,登车,下车;等人,送客,话别;人生旅程中,惟车站、码头、机场这令人无比激动或无限伤感的地方,人们最能体认时间的转瞬即逝,一刻千金,抓不住又拉不回的无限珍贵与无比重要。一挥手,一握别,一拥抱,一热吻,一声唤,一行泪,一个眼神,一句嘱咐,迅即被厚厚的门、墙或窗玻璃所隔断。一声鸣笛,车轮轧轧,火车喷出了浓烟,远了远了,泪眼模糊中,如梦骤醒。也许此一别便永生难见,白发人送黑发人,永难团聚的情人之最后一次相依,等等。人生自古伤别离,那飞机的影子早被厚厚的云层所遮蔽,吞没了。

站是人生舞台,人是匆匆过客。每日每时,多少悲剧喜剧以及不喜不悲的奔波劳碌,人情往来,例行公事,不得不迎来送往,无可奈何地"登台表演",车站、码头、机场,提供了多少戏剧性场面,被搬上银幕舞台者不过点点滴滴而已,每个人都是演员,又都是观众,来去匆匆,几十年光阴,在地球上某一角落里"站"这么一站,终于"走"了。"光阴者百代之过客",人呢?一代的过客而已,岂有他哉。

三

大城市的车站、机场，车水马龙，人流涌动，密度大，空间小，节奏快，戏剧性很强，诗意感便少了。我喜欢的是小站：一段铁栅，两行树篱，站前站后便是漠漠旷野，荒凉诚然荒凉，却每能引发想入非非的遐想与幻想。

古时人行路难，但也有驿站，有路亭。辛安驿，清风亭，仿佛又听到边远的马蹄声寂寞地踏过。"鸡声茅店月，人迹板桥霜"。这种境界只能从古诗词里寻觅到了。

荒凉的现代小站另有一种情调。火车驰过去，很少停足。"小站不停"，只留下一缕烟，喷出的烟尘权作为对荒原的馈赠，落满路边瘦瘦的树丛。我曾在一个落雪的深夜从陌生的小站下车，冰冷的雪花灌满我的脖颈。还有几次在日落的黄昏，我看见了夕阳也像个异乡人迟疑地踯躅，我看见愈来愈浓的烟雾模糊了陌生的田野，我是谁，我来到了什么地方，我将向何处去呢？

小站，荒凉的小站是我向往的地方，它对我的诱惑远胜于万家灯火的辉煌和旅游胜地的喧嚣。小站，小站的荒凉为我编织一个荒诞不经的梦——

轮子放缓了节奏，在一个无名的小站停住。"临时停车"——有人悄悄地说，我走到车门口，门为我打开，我走了下去。

小站。没有名字的小站。无人查票，没有栅栏。有一条碎石铺就的小径，冬青树、牛蒡草，剑麻开着浯白的花朵。没有人。

我自己走了出去，站住。

"没有站，我便是站了：一个人站着。"我对自己说。

火车已经在地平线边汇沉的雾霭中消失，将全部的荒凉留在了背后，留给了我。

大树上贴着一张告示，是"通缉令"。我注视那逃犯的照片，不是我。

不是逃犯，不是流浪者。"寻人启事"都不屑一寻的人物，如此的无足轻重，真好。两手空空，一无所有，不过是到这荒无人烟的地方来走一走。

不是走一走，是站一站。

一个人的"站"，多随意，多自在，我获得了前所未有的满足。

门

一

沿着墙走。那是一道绵延数里的墙，伸向似无尽头的地方。沿着墙走如读天书似的吃力和疲倦。到达一扇门的渴望，越来越强烈。

"不得其门而入"的苦闷和焦虑，此时体验得最真切。

当终于跨入一扇门时，其狂喜与激动，可以想见了。

一个牧羊的孩子，每天站在乡村小学的大门口，听着教室里朗朗地读书声，看着背书包的小学生进进出出，目光中充满羡慕与期盼。然而，他只能站在校门之外。

"不得其门而入"的悲哀，困扰着一颗童稚的心灵……

"希望工程"温煦的阳光，能为他赢得"入门"之喜悦的希望吗？

二

门是命运，门是象征，门是标志性符号……

豪门、权门、衙门、牢门、寒门、柴门、空门，各各代表着内涵丰富的复杂内容，打开这些形形色色的门，几可窥见历史的百科全书上某些依稀的投影。

"朱门酒肉臭，路有冻死骨。"揭示了等级森严贫富对立的旧社会本质的真实。

"柴门闻犬吠，风雪夜归人"，这是更悲怆凄凉的一幅画图。

今之世界又如何？两极分化画上句号的时刻，似乎还有相当长的路要走。

三

门，敞开或者关闭，就像人的心……

一个落雪的深夜，流浪者似漂泊的幽灵，在举目无亲的异乡街头踯躅，徘徊。大户人家的黑漆板门绷紧铁青的脸，谁能敲得开？接纳他的是偏僻小巷中一扇窄小残破的柴门，一张诚实而和善的面孔。

茫茫风雪夜，流浪者向他好心的主人请求：

"请不要把门儿关上，请为那些枕着冰冷石块的兄弟们敞着，敞着吧。"

四

在古老的民风纯朴的社会，有过"夜不闭户"的升平岁月。于今听来，犹如神话般迷人。

至今，乡村人家依然有白昼敞着门扉的习惯。谁家远方来了客人，街坊邻居纷纷赶往"围观"，质朴亲切的人情味依然很浓。

现代化的都市便不同了。大铁门、保险锁、防盗门、对讲门铃、警卫森严，客人摁过门铃以后，主人仍在"猫儿眼"里仔细窥视，好不容易才小心翼翼地将门打开。

也许，愈"封闭"的地方门户愈开放，愈"开放"的地方门户愈"封闭"。一个有趣的悖论。

五

"空门"是门中的一个"特例"，指佛家寺院而言。

"色即是空，空即是色"是佛家名言。解释谓："有形万物皆为色。因缘而生，本非实存。"这是一种虚无主义的观念，难以服人。与"看破

红尘"的"破"乃是一脉相承。也许正因此,皈依于佛的人,被称为"坠入空门"。

空门其实不真空。所有寺院,要选远离尘寰的山巅水崖而建。取其环境之清幽,距他们向往的"天国"依然遥远。坐禅斋戒,诸多出世之举,毕竟未绝尘世烟火。

但是有此"空门"依附在热闹的"实门"之侧,或亦有某种启发作用吧。老子有言:"五色令人目盲,五音令人耳聋",声色犬马的喧嚣,令人目不暇接,昏昏然处于物欲狂流包围网中的现代人,从"空门"中人的淡泊名利,超然物外的境界,能否有所借鉴,而使自己获得些许的清醒与节制耶?

渡

一

渡是一个意蕴丰厚的词语,一种动感,行进着的画面美;一种静态,休憩中的悠闲美;一级与它相关的神话;灾难、拯救;宗教与哲学;形而上的宽广、神秘,足以引发许多遐思。

创世之初的大地,是一片混浊,还是一派汪洋?大禹治水的中国神话,似倾向于汪洋说。无有田野、山丘,极目处尽是波涛、洪峰,汹涌浩荡,无边无垠。不长鳞也不长壳,既非鱼又非鳖的光溜溜肉身的人,将何以堪?

于是便有了泅泅之渡。泅,将围困于水的人,不是慢悠悠地游荡,也不是蛙式、蝶式、自由式泰然自若的沐浴,而是挣扎、奔窜,而是逃脱。泅——渡的最原始也最悲壮的形式,记录了人类与水相搏的一首英雄主义赞歌。

"乐府曲"中有一首《公无渡河》。古代有个白首狂夫、勇敢的泅渡者。这天清早,面对哗然流响的急流,他毅然奋力泅去。他的老妻在后面大声呼唤:"公无渡河!"泅者已去,被急流卷走。留下只有一首哀歌:

> 公无渡河,
> 公无渡河。
> 坠河而死,
> 将奈公何?

无数先人义无反顾地奋臂而搏和他们的壮烈牺牲,使后来人聪明了些。由独木舟到摆渡船,由游动的船到静止的桥,创造了越水而过的凭依之物,也有了一个与水抗衡、潜力无边的词语:渡。

二

"荒城临古渡,落日满秋山",王维的渡口是苍凉、落寞的。

"春潮带雨晚来急,野渡无人舟自横",韦应物的渡口,有一些娴静悠然的气息。

在我的记忆里,闪烁着一条铺满银光碎片的长河。杨柳岸晓风残月,茫茫烟波中,有一只摆渡的小船。它是没有篷的,泊岸时,细细的柳丝触着舟子的裸肩,春天的手指般柔和。那舟子是个壮实的小伙,膀粗臂圆,汗水总在胸前背后浑圆的肌肤上镀一层金色的亮点。

一人乘坐、三人乘坐、五人乘坐、他总是不紧不慢地摇起橹:悠悠、悠悠,水悠悠,船也悠悠,从此岸到彼岸,摆渡船是一枚动感的音符,又像一块橡皮,在波浪间反反复复地擦过,多么优美的一幅碧色波浪的画图,在他的摇橹之手的勾勒下描绘着,涂了又改,改了又涂。

("划呀,划呀,父亲们!"一位诗人写道。这是对一切舟子、艄公、摆渡人深情的呼唤)

悠悠、悠悠，船悠悠，水也悠悠，即使是雨丝轻拂，雪片斜飞，即便是呼啸的风无遮拦地推搡他的小船，他也总是那么从容不迫的悠然节奏，就像训练有素的乐师弹出铿锵有力的旋律。

岸已抵达，仿佛京戏舞台上小铜锣"哐"的一声叩响，船身一荡，渡者便逐一跃身登岸而去了，只留下这空荡荡的船。

摇橹声重新响起，静夜里分外清晰，一声声荡人心弦。

三

《圣经》中有诺亚方舟，佛门中讲慈航普度，而在人间，那些风尘仆仆的落难者，落魄江湖的流浪汉，漂泊异乡的游子们，谁为他们划来拯救的船？

幽灵似的细雨飘飘洒洒，灰蒙蒙地在他周边垂落。湿了散发，湿了衣衫，漂流人浑然不觉，他站在岸边的一方青石板上，望渺渺河面雾雨弥漫，望不见一艘小小的船。

渡者无船，他只能坐下来等候。

即使有船划来，摸摸口袋，囊空如洗，他又怎能跨上去呢？

即使好心的艄公送他过了河，登岸而上了，岸那边等着他的，不依然是茫茫空幻和迷离无边的雨吗？

四

此岸风雨，彼岸晴和；此岸荒凉，彼岸灯火。人们总将期望、理想寄之于神话般美好，却又遥不可见的远方。有鸽子衔着橄榄枝飞过来了，彼岸在召唤。

不是神话，不是伊甸园，没有诺亚方舟，也没有慈航普度。划向彼岸的船是有的。

我写过一章散文诗《渡》：

夜。侦查员弯曲着身子，蹲伏在深色的芦苇丛中。

河水也浓得发黑，沉重得喘不过气来。

"夜，伏在我的背上吧，

我背你过河！"

侦查员游到彼岸的时侯，夜却不见了。

他背负着晨曦。

重要的是背负。做一个背负者，从夜走向黎明。我们，每一个"渡者"，便会融入一片阳光中去……

舟

一

舟。舟和船。舟即是船吧，同物而异称，可作如是观。然而汉字的创造、运用，每有极微妙的岐异，舟船之间，或亦有之。

查一查《辞源》，舟者，器物之名，或作尊、彝之属的托盘，或便是盛酒之具。我们从戏曲舞台上偶可见到舟状的酒具，饮者举起一饮而尽者，便是。对此，我们自可略而不论，只说载人水上行的小舟。它似乎是舟船们的早期形态，从"独木为舟"逐步形成的，面积小，轻便快捷，连"乌篷"都没有，直面云天，视野空阔，将"舟"字横卧平躺，便是它的"造型"。两"点"是舟中人，一"横"乃划行篙，勾勒得大致不差了。由舟而船，而舰，而快艇、潜艇，而万吨巨轮，而航空母舰，庞然大物了，你便不可称之为舟了吧。

更微妙的差异在语感、语境，语词的乐感和韵味之间。由于历代诗文的"情有独钟"，舟字频繁入诗，使之具备了一种特有的诗意氛围，

"船""舰"之流，都无法取代。古典诗文中的"舟"，已超越了江河湖海中日见稀少、且形将消失的运载工具之实体，成为一种美化了的词语之珍了。何妨一探？

二

舟很小。典型小舟仅容两三人坐，一叶扁舟是最形象的描述。一叶——什么叶？是竹叶。"竹叶舟"，人们以"舟"形容竹叶，也可以竹叶形容舟。造船工人则说："让我们造出的船叶子似的撒满大海"。叶子，漂在水面上，漂在大海中的叶子，是浪漫的形象，充满了人的自豪感。

舟是人的骄傲，一叶之微，在茫茫江海中自由翱翔，"纵一苇之所如，凌万顷之茫然"，这"一苇"与"万顷"间巨大悬殊的差异，对比，恰显示出小舟巧与周旋的灵活，和人类智慧的无比优越。小舟的小并非其弱点，而是它的优势，身轻如燕的敏捷，利用了水的浮力，便可滑行其上，左右逢源地行驶在广袤的空间。"舫舟翩翩，以泝大江"，何等从容；"篙师暗理楫，歌笑轻波澜"，多么自信！

当小舟成了审美对象，其诗意美已被诗人发挥得淋漓尽致了。

"两岸猿声啼不住，轻舟已过万重山"！李白的一腔喜悦，全在"轻舟"快节奏的旋律中宣泄无余。"孤舟蓑笠翁，独钓寒江雪"，舟也无语，江也无语，雪也无语，人的孤独感不言自明。"春潮带雨晚来急，野渡无人舟自横"，是人遗弃了舟，还是舟遗弃了人？风急、雨急、潮急，将野渡的悠闲反衬得分外醒目。

古代诗人常有厌倦尘世，隐迹山林的向往，说是知识分子出世思想的表达也可。他们每将之寄托于飘飘摇摇的一叶扁舟。李白吟道："人生在世不称意，明朝散发弄扁舟"；苏轼则说："小舟从此逝，江海寄余生"。人不见，舟也不见了，人世间果然有这样使人称意的去处么？

只在虚无缥缈间。

三

还是从诗人的虚幻,转回到凡人的现实来吧。诗人逢场作戏地驾舟一游,像传诵千年的两次赤壁行那样,雅兴当然不浅,职业的以舟为生者,感受就不大同了。

与"舟"呼应的,是舟子。比起船夫、水手等称呼,似更具亲切感。无论江上行船的"长年",小河摇渡的艄公,经年和风浪搏击,都极为辛苦。"篙人持更栉,相语闻并船";'舟子相呼起,长江未五更'。仿佛听到他们黯黑中解缆登程时的喘急呼吸。"上水郎担篙,下水摇双橹",无论"顺水推舟",还是"逆浪行船",都需抖擞浑身精力,一刻也不得消闲。对他们的辛勤劳动,水泊生涯,我所知很少,却总深怀敬意。曾写过一章《泊:生命之舟》,试图将他们倾其生命全力于激流险浪前的奋勇一搏,留下镜头之一闪。我写道:

> 一种激浪横拍高岸,
> 一抹闪电耀目如箭,
> 前面又是险滩——
> 呼唤呼唤呼唤。
> 你奋然而立,发出沉雷似的慨叹。
> (有生以来从未有过如此壮阔的慨叹)
> 倾全身之力,撑起手中巨竿,
> 抵住那岸,抵住那岸,
> 浮舟越过了险滩,飘然而去,飘然而去了。

这便是舟子形象吧？他为每个人的人生之旅,绘制了一幅勇往直前的蓝图。因为,每个人的前头,都会有险滩。

雨

一

　　雨是一种形象，也是一种声音。几乎是无色的小小的颗粒，连成一串便成柔柔的雨丝，飘动的发一般。垂悬而落的途中，雨是无声的，落到屋顶、墙壁和土地、石块上才有了声响。汉字中的"雨"是象形文字的典型，天幕下分列式的两行雨，虽仅四粒，却已完成了行进中的动感的图像。谐音于"语"便是它的声音吧？雨之语，是老天爷告诉人们什么呢？很朦胧，听不懂的。

　　人离不开太阳，其实也离不开雨。农耕为主的民族，靠天吃饭，主要也就是靠雨吃饭。科学家们没少动脑筋，自由调遣雨水的法子至今还没找出，于是一些渴望的目光，便总在向云天间凝视。

　　云从雨。汉字简化后将"雨字头"砍掉了，幸好尚未影响它降雨的积极性。雨从云中来，"黑云压城城欲摧"，乌云滚滚是雨前征兆。"山雨欲来风满楼"，还有风。有一种雨，夏日豪雨，席卷大地的"大雷雨"是威风凛凛，轰轰烈烈，声势浩大的。呼狂风为前驱，挟雷电以俱来。造字者以"雨"为"词根"，组成一个庞大家族：霜、露、雪、雾、云、雷、雹、霈、霖、霰、霹雳，以至于雨过天晴后的那一抹美丽的虹，亦属于霓。这是雨的变形记，雨的变奏曲。

　　雨，从造福人的物质生活，到丰富人的审美情趣，更令人有美不胜收的满足。

二

　　南方细雨，可算得一种雨的命名吧。雨有地域性吗？雨有粗犷或者温柔的性格之分吗？我想是有的。敏感的诗人发现了雨和雨不同性格的特征,赋予其人性的附加,并朔以成形。

"杏花·春雨·江南",便是一个奇妙的组合。南方细雨,在吴越之间清新秀美的江南,飘飘然伸来细软的小小足踝,践踏着春波、柳枝,践踏也温柔,于是杏树的枝头便有一朵浅红柔白的花儿羞答答地绽放,花瓣儿上沾着一滴雨,是喜悦的早春的泪水,盈盈欲滴未滴之间,便有一种爱意萌生。姑娘们撑一柄花伞从湿漉漉的卵石小径上走过,那伞原是为御雨而来,却为雨平添了一种风情。西子湖畔的白娘子和许仙的浪漫正是由一柄伞引发,游湖借伞,断桥柳丝,被柔柔雨丝穿织起来,才有了那番缠绵。"水光潋滟晴方好,山色空濛雨亦奇;欲把西湖比西子,淡妆浓抹总相宜",苏轼此诗被许为西湖之咏的绝唱,其实何尝不是对娇娇细雨的一次吟诵呢?"山色空濛雨亦奇",雨为山增色,山为雨添彩,便有一种境界被唤出了。

江南农村的插秧季节,也常有一阵细雨悄然而至。如烟的手指,亮闪闪地点击着一方方水田,插秧人的薄衫轻轻地湿了一角,有雨水从斗笠间爬进脖颈,凉飕飕地,似一条小虫在游。田间的小路被雨水涂抹的光滑,柔柔的草叶上镶起小粒的银珠……

"南方细雨,美丽而清凉的雨。田野被锁在一折梦里,竹笠飘然而去,戴竹笠的女子飘然而去了。像森林里棕色的蘑菇,像一朵被剪碎的云……

这便是我为"南方细雨"勾勒的一幅画图,她为我唤回了一点点温馨的梦痕。

三

并不是所有的雨都给人如此清新的喜悦,不是,不是每一滴雨。不同的季节,不同的环境,不同性格的雨,酿造出的心情是迥然不同的。

我想说的是忧郁的雨。从本质上说,雨是忧郁的,它来自墨黑的云,从遥远的天国被放逐到陌生的大地,能不忧郁吗?人们将雨滴说成泪

水,自有其根据。

> 小雨水是未成年的女孩子
> 没来得及打扮成花枝招展的雪
> 便匆匆上路了
> 身不由己的降落
> 坠入大海
> 一滴雨是一次死亡

　　这便是我们所理解的雨。它原本是天真无瑕的水滴,纯洁、透明,完完全全个体的生命,却无端被遣送"下凡",一鞭子赶出了天国,关键词便是这个"身不由己"。接着便汇入大海,进了"大集体",个性湮没了。

　　"一滴雨是一次死亡",是雨的大悲剧。还有不曾坠入大海的,降落途中垂悬于空,或吊在树枝上,挂在灰瓦屋檐下,没完没了地哭泣,释放它们的忧郁于人间,把忧郁传染给了听雨的人。

　　艄公在河下,远客他乡的游子在舱内,听雨打船篷的声音,单调而又凄凉。"何当共剪西窗烛,却话巴山夜雨时",苦雨秋窗,一灯荧荧,怀人思乡的千种忧愁,一齐兜上心来,又岂是"凄凉"二字所能尽述的呢?

　　不只有"清明时节雨纷纷",还有那"黄梅时节家家雨"。南方的雨季恰与黄梅子的黄熟相契合,不知是黄梅催生了雨,抑或雨水染黄了梅子,半月十天地连绵不绝,阴冷潮湿,所有的庭院、屋角、衣裳、被褥,无处不是霉斑点点,蜗牛们在墙脚乱爬,千百条雨丝像灰色的蛇脚垂在篱下的不休,什么样的人经得住这没完没了的纠缠,一个个恹恹地、懒洋洋失去了精神。贺方回将雨的忧郁和人的忧郁相"嫁接",写出了脍炙人口的《青玉案》词:

若问闲愁都几许？
一川烟草，
满城风絮，
梅子黄时雨。

烟草、风絮与绵绵细雨，将一种说不尽、道不出的"愁"点缀得有声有色，称之为雨之忧郁美的经典性概括，当是可以的吧。

酷

汉字很奇妙。一字多义，一词多义，有时竟会出现全然相反、对立的含义。

"酷"，好像并非常用字，过去人们的口头语中，并不多用。而今忽然吃了香，走起红来，在年轻人中，时不时会冒出来。

"酷"，什么意思？漂亮，美，英俊，潇洒，俏丽，妩媚，气度非凡，风度翩翩……都可以将大拇指一伸，情不自禁地赞道："酷！"是赞赏，充满惊喜和激动，颇富感情色彩。"酷"，在这种语境中，形同鼓掌、喝彩，是无法形容无以名状的尖端和极致，在一切形容词感叹词均告失效时，便出此模糊效应以表达超级的欢呼与狂热。它的煽动性，它的青春冲动，它的难以遏制，它的浪漫主义，全由这个"酷"字包容了。

它是一个很有时代气息的用词，一个男性化的用语，一个阳刚的、粗犷的、不修边幅的"莽汉主义"的用语。

在我的阅读经验中，这个字却有完全不同的另一番气象。酷暑、酷热、酷政、酷吏、酷刑……这类"酷"便有令人胆战心惊的血腥气和残忍性的语感效应了。《史记》上有《酷吏传》，留下封建王朝严刑峻法残虐百姓的官吏暴行的纪录，也不过九牛一毛，点滴残痕而已。至于酷刑，

封建统治者的创造发明恐也够上个"最"了，司马迁受的那种"宫刑"，便是其中之一。在现代，我们还记得《红岩》中江姐被竹签刺进手指时那种穿心刺骨的疼痛……

或许正因"酷"与这些血泪斑斑的记忆相联系，它给我的印象便是惊惧多于亲切了。当然，"酷"也有另外的用法，如形容酒的醇厚与浓烈，这恐是它最原始的本意所在，一个"酉"字偏旁，便是明证。还有"酷似"，不过言其相似程度之甚而已。但我却固执地回避它，很少使用。比如："酷爱"，人们常说："此人自幼便酷爱文艺。"我不这样说，非说不可时，则说："从小就热爱文艺。"热爱就够了，何必非达到"酷"之极致呢？

"酷"从对残忍、残暴的形容转向了对美好事物的赞赏与欢呼，是一个时代性的变异和转换。和平取代了战争，爱战胜了恨，流血的虐杀让位于浓烈的感情之火花，自然是令人鼓舞的进步。不过，从一些宣扬凶杀的影视与武侠小说中，以及媒体刊载的"法制大特写"中，凶残杀人、残暴得令人发指的"酷刑"尚未绝迹，治安状况不佳的信息还令人屡感不安。什么时候，它们从人类行为中彻底消失了，人人竖起大拇指，发出一声"酷"的欢呼，该多好！

"囚"与"被囚者"

一

囚是一个典型的象形文字。四面包围，密不通风，将人困在其中，这便是囚了。我在电视上见过古时候囚人的囚车，两相对照，如出一辙，囚是空间的逼仄与禁闭时间的绵长相结合的一种"刑"，一种惩罚。其核心、要害则是对被囚者自由的剥夺。

囚不仅用于人，也用于鸟兽虫鱼。我曾想，就人类发展过程推断，最初的囚恐是施于兽的。在人兽杂居，争斗频繁阶段，人将兽捕获，恐它逃脱,防其伤害,便用笼子将它关住 这便是囚了。一只虎、一只豹、一只猴子,均可作为观赏对象囚于铁栅栏中,人们毫不觉得有什么不妥。诗人里尔克却不同。他在巴黎动物园参观了被囚之豹后,写过一首诗,至今传诵不衰:

> 它的目光被那走不完的铁栏
>
> 缠得这般疲倦,什么也不能收留,
>
> 它好像只有千条的铁栏杆,
>
> 千条的铁栏后便没有宇宙。

被剥夺了自由的悲哀显而易见。但参观者很少换位思考,没有同情,还看得津津有味。每天托着鸟笼去公园遛弯的养鸟者更不会想到笼中鸟的感受如何了。

如今流行养宠物。一只狗或一只猫,有了"主人",却失去了自由。养狗的太太牵着爱犬在草地或小径二漫步,优哉游哉,被牵着的狗,是否因"受宠"而"若惊"呢,不得而知了。

二

囚之于人,就复杂多了。因为人类社会太复杂,囚人者与被囚者谁是谁非,决定了那"囚"是否具有正义性。人类社会早期之囚,恐是对俘虏者所施。部落之间的争斗,强者胜,弱者败,成则为王败为寇,败而被囚,何罪之有?到春秋战国诸侯争霸时期,说客幕僚们待价而沽、朝秦暮楚,每见不鲜。"昔为座上客,今为阶下囚",也不足为奇,"各为其主"罢了,沦为"囚",亦非奇耻大辱吧。

现代社会就不同了。从人治到法治,对那些危害国家社会,侵犯人民权益的犯罪者依法实行囚禁,是天经地义的。杀人越货、抢劫强奸、绑架勒索、贪赃枉法之徒,不予囚禁,绳之以法,社会与人民便难有安

宁,人民的监狱为惩治和改造罪犯而设,以保障社会、人民的安定和谐为目的,这是常识问题,无须多言了。

正因为如此,人们心目中的"囚犯",便是望而生畏、不屑一顾的对象,往往谈囚色变,这可以理解。不过,也不宜"绝对化"。且不说冤假错案之类,今日少见了;被判刑者,有的由于某种过失,未必便是坏蛋,依法服刑,期满释放,改邪归正了,就不必另眼看待。何况人民的监狱还有改造人的一项职能,改造生效,"该犯"出狱后的确已属守法公民,即可以融入社会重新迈步,社会向他们伸出友好之手,也是顺理成章之事,也有利于构建和谐社会的目标吧。

三

如将视野开拓,跨过当下现实环境,向历史的"过去时"探索,还可从"囚"这一背景下,观察到另一些风景。我曾在一篇小文中提及,"世界上最好的人和最坏的人,都可能有一段被囚的历史。"这决非故作惊人语,略举数位人所熟知的名人,便见所言不虚。印度的圣雄甘地,南非黑人领袖曼德拉,中国革命先驱孙中山,便是明证。在漫长的斗争岁月,许多为我们尊敬的革命先辈,如李大钊、瞿秋白、方志敏、叶挺……也都有过被囚遭遇。他们在狱中坚强不屈的斗争,是伟大人格形成和显现的光辉一环。从这个角度审视"囚"与"被囚者"这一特殊篇章,是耐人深思的。

司马迁因违逆了汉武帝的圣意而被囚,且蒙受了最难堪的宫刑备受摧残,但他还"隐忍苟活,幽于粪土之中而不辞"地活了下来,并在狱中极度屈辱的环境下,完成了伟大的史学巨著《史记》;另一位文化名人苏东坡,屡因诗文得祸而蹲监狱,这位坦荡达观的诗人似乎不以为意,依然我行我素。一次,从黄州大牢被释出来,恰逢除夕,在街上经风一吹. 诗兴即被唤醒。当日便得诗二首。其中有句云:

平生文字为吾累，

此去声名不厌低。

因文字而入狱，故云"为吾累"；"声名"其实也包括功名前程之类，虽因之而"低"了，却也不厌。这便属"不思悔改"之类了。写完诗，他掷笔而笑道："我真是不可救药。"

对诗人、知识分子之流，"思想改造"太难，即便"囚"，那思想也"囚"不住的。

陈独秀蹲过国民党的南京老虎桥监狱，狱中有《金粉泪》大型组诗之作，共56首，全是对蒋介石政府倒行逆施行为的尖锐嘲讽。试举一首为例：

民智民权是祸胎，

防微只有倒车开，

赢家万世为皇帝，

全仗愚民二字来。

一针见血地揭示了反动统治者专制独裁和愚民政策"开倒车"的实质。

另一位资深革命前辈聂绀弩的故事更为生动。"文革"中，他因"恶毒攻击林彪江青"的"现反罪"被囚于山西监狱。不论在何环境下，他都从容应对。在阴暗的囚室，坚持潜心读书、写诗，仅《资本论》就读过17遍。他在一首诗中写道：

滴水成冰，纸窗如铁，风雪迎春如沁园。

披吾被，背《加尔塔尔》，鱼跃于渊……

《加尔塔尔》即《资本论》，在冰雪严寒的铁窗下披着被子读《资本论》的形象令人神往。这是革命者独立人格的闪光亮点，也是"囚"不住革命者坚强意志的生动写照。

还想到国际共产主义运动的一位杰出女革命家罗莎·卢森堡的《狱中书简》。这书体现了她坚定革命信念和人道主义精神的浑然一体性。牢狱生活一点没有磨灭她对人生、对生活、对世界的热爱、追求与希望。

> 在一色灰蒙蒙的天空中，东方涌现
> 出一块巨大的、美丽得人间少有的
> 玫瑰色的云彩，它摆脱一切，独自浮现
> 在天际，看起来像是一个微笑，像是
> 来自陌生的远方的一个问候……

"看起来像是一个微笑"，这一朵玫瑰云，是失去自由的女革命家自由意志的化身。当《红岩》《江姐》这样一些文艺作品至今闪现其革命传统教育之不灭光辉的时候，诸如卢森堡的微笑这样的"玫瑰云"，也是颇为令人心驰神往的呢。

寺："空门"之实

寺是佛居住的地方，还是人居住的地方？不论那庄严肃穆的佛像如何高大，香火何等兴旺，毕竟只一尊偶像而已。佛不在此，佛在西天。寺，究其实是僧人的居所，是他们修身养性、皈依佛门，并期有朝一日修炼有成，终成正果的地方。

在山之巅，在水之涯，寺常选远离尘寰喧嚣，独占山水清幽的地方立足。也许，这是出世途中一所驿站，世内世外"中介地段"一个小小

"桃源"吧。佛堂、大殿、古钟、石塔、菩提树、月形门,好一个宁静淡泊、寂寥凄清,却也不无阴郁感的幽深院落。空门空门,"空为入道之门",一个"空"字,道出了寺的根本。

世俗中人,欲空也难。对虔心修行,超然于纷攘物欲追求之外的高僧们,我每心怀敬慕,也不过是局外人的艳羡,属于"叶公好佛"之流,偶有机会去过几处古刹名寺,那感悟却又异常复杂,更非一个"空"字所能概括了的。

那年秋天在崂山,独自攀登山间小径,天已薄暮,风吹草顶,秋虫们在草中唧唧争鸣,忽从山顶飘来幽幽钟声,宛如埋在远处的梦,我竟恍然为其吸引,向那暮影浮游的寺院走去。登到山顶,暮色已深,古塔的灰影朦朦胧胧,剥落了的朱漆红门大开,我蹑足而行,一切都隐在幽暗之中,出奇的静。竟未见一人,真的是"空门"么?

不。在那月形门内的小院中,一位身披袈裟的僧人正静坐檐下,一株古松的阴影将他覆盖,他完全进入禅境中了。不用念珠、木鱼,无须焚香叩祝,只是微闭双目盘膝而坐。我不敢出声,默立良久,他竟毫无察觉。在一个利欲权欲之争使许多人疲于奔命或困惑苦恼而无从解脱的红尘以外,果然有人能潜心于静,化入禅境了。即使风雨如磐,山林间雷声阵阵,他依然会端坐于此无所惊动的吧。我不禁为之心动,我等世俗中人,如何才能脱尽凡念,赢得一片止水般澄洁的心空呢?

即在"空门",也未必人人有此福分的吧。我见过忙忙碌碌奔走于殿宇和寺门内外、打扫庭院、刈除杂草、终日不得清闲的小和尚,他们的"功课"不在经卷木鱼之间,"担水劈柴全靠他"呢。旧社会穷苦人家的孩子,寻得一处"空门"投靠,也算造化不浅了。还见过一个神态术讷的撞钟人,耳目已昏花,腿脚不灵便了,不是"当一天和尚撞一天钟",而是"当一辈子和尚撞一辈子钟"。撞钟时他的头微微摆动,嘴唇张合,却并不言语,也许是个哑僧。一声一声,钟声沉重,低缓。天又下起雨来,雨点打湿了古老的铜钟,也打湿了他的黑衣裳。

慈航普度。佛家慈悲为怀,令人感动。"空门"中常有济世善举,确有受苦人蒙恩受惠,然而,茫茫人世,芸芸众生,苦难总绵延难尽,虽佛陀有心,大慈大悲恐也难以尽解种种烦忧。我曾去过乐山,在就日峰的大佛寺前,瞻仰过那尊面对三江水的巍峨大佛,确也壮观。就在他的脚下、眼前,江边纤夫正蠕动着弯曲身躯,一如枯萎的树。目睹此情此景,我曾写下几行诗句:

> 佛在岸上,佛在岸上,
> 看你弯腰,看你低头。
> 看你往返来去几千来回,
> 泰然作壁上观

"泰然作壁上观",如此一笔,便是对佛不敬的"微词"之属了,罪过!罪过!

第二辑:冷的海

安 魂 曲

黑衣人

"黑衣人在死亡的边界线上坐着。背影如墙,看不见他的脸。"我在一章散文诗中这样写道。

黑衣人,这是死亡的形象。鬼魂吧,或是为鬼魂发放通行证的侍役呢?

莫扎特在梦中,或是在醒着的时候看见了黑衣人的影子,他写出了《安魂曲》。不久,他自己便"去"了。

我在那章散文诗的结尾写道:"黑衣人坐在那里,把一张盖满官印的通行证发给了我。"

鬼不过是一种想象,一种幻觉,是人们对生命的消亡有所不甘发出的精神梦呓,是对生与死这一不解之谜妄加猜测的一种痴迷。

然而为什么是黑衣人呢? 为什么从中国到外国,从远古到现代,鬼都是黑色的呢? 人们以人的形象为依据,尸的形象为依据,构思出鬼的形象:黑衣人。

墓地、沼泽、荒野、山林,一点点青色的磷光闪烁,那便是鬼的眼睛么?

"山鬼吹灯灭"。杜甫的诗这样写着。

一切鬼的传说都以夜为背景。幽灵幽灵,鬼只在暗夜里幽幽而行。

而夜是黑的。他们穿黑衣裳，或者不穿，他们自身便是黑的。黑色的影子，这是"保护色"吧？

魂　飞

魂是人的精灵。生命存在时，它是人的精神主宰，生命消失了，魂即遁去。魂的走失是一种形而上的飞扬吧？

屈原《九歌·湘夫人》吟道："九嶷缤兮并迎，灵之乘兮如云。"

"九嶷山上白云飞"，一朵洁白的冉冉上升的云，飘飘欲仙的云，便是魂的象征了。

鬼是黑色的，它下坠入地；魂是白色的，它飞腾上天，一种圣洁的不可知，它是神。

精神精神，生命的不朽之灵，扬长而去了，这便是魂飞。

我想起了悬棺。大江之上，高山之崖，我们的祖先在削壁凌空的高度，腾云驾雾中倒悬着一具具石棺赫然而立，他们为何要登上如此绝顶？无非是向往和贴近九天，是魂对梦的追逐，对地狱的逃离。然而，石棺终将风化为泥，为苔藓之苍碧。棺中空空如也，没有灵魂的躯壳，不甘死亡的死亡。

死亡来临，魂离躯体，这是个悲伤的时刻，也是庄严的时刻。宗教、神话、民俗、迷信，创造并积淀了许多冗繁的礼仪。

我见过土家族的"跳丧舞"。江滨坟场，燃起壮丽篝火，马嘶龙吟，人影幢幢，凄厉的唢呐和激越的鼓点交织，那旋律、那节奏，仿佛是一种狂欢。死亡是欢乐的吗？魂的离去是欢乐的吗？这是壮行之舞，壮行之乐。恰恰是这狂舞的节奏和纷乱的乐声，使我感到了人类对死亡之无可奈何的悲痛，强为欢悦的鼓声空空洞洞，以一种绝望的悲凉送魂远去。

魂去远了。生者依然要在茫茫江涛中驾一叶扁舟，任命运作无尽止的颠簸。我看见一叶浮舟顺流而下，那裸胸的汉子仰望逼近的高峰之上巍然的悬棺,在死亡的高度,以死亡的沉重压迫着他,压迫着生命,压迫着人间。

在悬棺与浮舟之间,在死亡与生命之间,在时间与空间永恒的流动之中穿行。一叶扁舟,一个裸胸的汉子,奋力撑竿发出一声沉雷似的呼唤,迎向前面数不尽的险滩,人是更敢的。

安魂曲

莫扎特谱出《安魂曲》。阿赫玛托娃写了《安魂曲》,那是一首悲壮的长诗,她在她的祖国处于一种恐怖的岁月中,经历了儿子、丈夫和许多无辜人民的监禁与虐杀的深刻体验后才写出来的:

> 又临近了奠祭的时辰,
> 我看见、听见,我感觉到你们出现。

女诗人在谈到这诗的时候,曾说:"我在写诗时,整个身心都沉浸在响彻着我国可歌可泣的历史的旋律之中。"《安魂曲》之所以产生,不正是由于有些魂是处在"不安"之中吗?屈死的魂,心中充满怨气、悲愤、凄凉,什么样的《安魂曲》能给予慰藉?

为什么幻觉中一切的鬼都那样鬼鬼祟祟,那样怯弱无能,那样充满负罪之感呢?生而为人时如履薄冰,死而为鬼了仍战战兢兢,这该是人生于世常遭压迫虐待的弱者心态的反映吧。

屈原《九歌·国殇》中吟道:

> 身既死兮神以灵,魂魄毅兮为鬼雄。

这是罕见的例外,那些战死沙场的英雄壮丽的形象,称之为"鬼雄",便是一种昂然而立的气概了。

京剧《乌盆记》里一个屈死于窑中惨遭残害的魂寄身于"泥盆"之中，竟然在盆子里鸣冤而歌了。这个具有荒诞色彩的故事，闪耀着黑色的悲怆。弱者，屈死的魂，只能在烘窑的黑泥中倾诉自己的悲愤。这样的魂，能"安"么？

梁祝化蝶便有一点浪漫主义的喜悦了。从坟茔中翩翩飞出一双纯情的蝶，体现着忠贞不渝的爱情从生到死的穿越。魂是一种洁白的云，在这里得到最优美的升华。

最动人的一幕还是关汉卿的《窦娥冤》。刑场上沛然而降的六月飞雪，浩浩荡荡，是一种充满悲壮美的宏阔、高扬的驰骋。一场惊天动地的洁白飞雪，为不屈之魂作一次诗意化的"示威演习"。

招魂赋

魂是一朵云。缥缥缈缈，在茫茫天地之间，飞向何地？人们对于魂的种种幻想，不仅由于对死亡的不甘，更是由于对逝者的依依不舍。魂之恋，充满悲凉也充满人情味，在迷幻中表达着人性的脉脉温馨。

于是乃有了种种招魂之举。以招魂幡，以盂兰盆，以荷花灯，以纸钱灰，以白衣系于竹竿之上缓缓地摇，以小铜锣伴着遥远而凄厉的呼唤，以唢呐、洞箫，以诗与歌。我见过家乡七月十五的盂兰盆会，在水上漂着纸扎的船形的"灯"，那灯火幽暗，给人以阴惨惨的感觉，据说是在招落水而亡的船夫之魂。不是说鬼魂畏光吗，怎又以灯火来引诱呢？恋魂心切，也就顾不得这许多了。

我在一所破庙的殿前，见一农家妇女在门槛上坐着。她穿一身黑衣，满面愁容。她在等什么呢？佛殿中香火已灭，和尚们早已离去，只佛龛中的神端坐无语。那妇女以凄凄的低声唤道："神啊，神啊，吹起你的笛子吧。神啊，神啊，亮起你的灯吧。"

她在祈求神为她死去的亲人招魂。

然而夜是黑洞洞的。幽明永隔，她的走失了的亲人之魂，在何处漂泊？

魂的流浪，也许是一种福分，挣脱了人世间苦难的羁绊，走出那一角枯瘠的荒原，赢得云游四方的自由了，不是一种福么？然而不。人们，魂的亲人们，未死的芸芸众生忧心如焚，一首首招魂曲莫不在唤其回归："复魄"。屈原的《招魂》赋，荡气回肠，可算是它的代表作了。

"魂兮归来，东方不可以讬兮……"他设想东方日出，有"流金石铄"；南方多兽，有"蝮蛇蓁蓁"，西方则'流沙千里'，荒无人烟，北方为"增冰峨峨"，严寒难留。到处是艰险，竟无魂可安身的一席之地。他只能叹道："目极千里兮伤春心，魂兮归来哀江南。"

那一朵洁白的云，漂泊无依的云，浪漫主义的幻想的云，转了一个大圈子，还得回到现实主义的扰攘尘寰中来。这是魂的悲剧，还是人的悲剧呢？

兴趣的传播，这才是根本中的根本。"体智体美"中的"美育"，不应是虚设，这自非一日之功，要使一个民族的艺术创造力和欣赏力不断攀升，岂是一个伯牙两个伯牙力所能及的呢？

路漫漫其修远兮，需我们"上下而求索"。任何复杂的问题，都不可能以简单化的方法求得解决，急是急不得的。

海雾飘飘

"我来寻找大海，却与雾不期而遇"。

用这两句话来说明我对于青岛的第一印象，也许是最确切不过的。

我的故乡在苏中平原，原是滨江带海之区，但我生在城市，所以竟一直没见过海。对海，便有着一种颇富神秘感的期待与渴慕。六十多年前，终于有机会被调到青岛，下车伊始，从火车站步行至青岛日报社门前，惊喜地发现，大海即在眼前。这是巧吧。不巧的是，那天正逢阴天，

有轻轻的雾将海覆盖，如蒙上了一页薄薄的面纱，那海，便隐约而迷迷离离。轻轻的雾，有风吹拂，那色彩便是青与灰的交织，清淡雅致中微含一点阴郁，我便有一种恍若身临幻境之感。

"不识庐山真面目，只缘身在此山中"，我想，若是有一位旅游者来到青岛，恰逢海雾漫天，竟日不退，而又匆匆离去的话便会有"不识青岛真面目，只缘身在大雾中"的遗憾，而我却不同，竟在这里一住几十年，不仅得识青岛真面目，对这雾的多种形态和意境，也有了些不同的认知和感受了。

虽没有"雾重庆""雾伦敦"那样的美誉，由于紧依黄海之滨，青岛其实也是一个多雾的城市。特别在春夏之交的五六月份，或浓或淡的海雾飘飘，便成为频频而至的"常客"，飘带似地作多情的萦绕，不管您欢迎还是厌烦，总是挥之不去。

在我的印象中，雾的最美姿势，是在夏日。当晴明的阳光与和煦的浮风沐浴着大海，以及海边大道上的行人，这时有几缕似有若无的白色雾丝，在空中若舞者之衣姗姗而来，一条白手帕似的轻软，便与初夏之晨的宁静有着十分和谐的默契，丝毫不让人感到郁闷或窒息。20世纪40年代，我曾在组诗《青岛小景》中勾勒过几笔素描：

乳白色的雾，
像新鲜的牛奶，
飘在黎明的杯中，

雾是从海上来的，
它润湿而清凉，
还带着潮水和鱼腥的气息。

雾是海的渔网，

每天都被投到岸上，
它什么也没有捕到，
只不过作了一次徒然的旅行。

而青岛却是丰收的，
当她在雾里洗完了澡，
从每一根绿叶的头发上面，
都拾到一粒露水的珍珠。

在晴和明朗夏日黎明的"舞台"上，如同小姑娘似的一缕白色的雾，那款款舞步的流转也许是她最美好形象，理想主义的一幅肖像画吧。这样的时候，她不过是一个"过客"，一个点缀性的配角，一旦她成为"主体"，漫无边际地翻滚而来，将整个城市笼罩在她的帷幕之下，那色调，那气氛，那景况就全然不同了。在人们日常生活中被浸淫其中的，更多的便是这种"混沌天地"里的"身历其境"。

"又放雾了"，人们说。这个"又"字，道出了对于雾多日不去缠绵流连之情的憎厌和无奈。

窗玻璃被浓浓的雾涂抹，已然看不清外面的世界。走出门去能见度很低，早晨仿佛已临黄昏，而一种混含着烟霭与海腥的气息，让人感到呼吸的不畅。汽车缓缓地行进，是雾海中的"孤帆"。

我写过一章散文诗《雾街》，所有的意象，全来自于亲身的观察和感受：

醉酒的灯，长出红胡须。摇摇晃晃的街，老了许多。
屋脊。窗口。铜锣。浮肿的巷，飘荡着迷航的我。
找不到走出雾的门，
谁在风的脚背上，套起了绳索？树叶的骚动，如兽奔走。

露台对坐着,猫与猫的温柔。

老人在港口背倚着黄昏。

披着长发的神女,蝙蝠衫舞暗了街灯,

揭不去的面纱。

黄昏或是夜晚,浓雾不去的时候,又有"海牛"的"哞哞"之声响起,或是远处的螺号声悲鸣:"湿漉漉的风,吹送着流动的雾迷离",那境况委实有一点苍茫或沉重。若是在黎明时分,人们便存在一种期待,一种雾散云开后的解脱和轻松。

"森林后面,群峰在脱去袈裟,露出了石的胴体,光洁而透明"——这是在岸上,在陆地。

海上呢? 则是——

小舟破雾而出,划舟人纷披抖动的金丝,闪耀着黎明。

松针上有水滴落,那是:仙人的泪珠……

海和红房子

海是蓝色的么? 这似乎已成定论,毋庸置疑。然而,地球上的海幅员辽阔,或因所处地域环境的不同,色彩也易变,未必都能以一个"蓝"字来概括。譬如胶州湾畔,青岛依托的这一片海,若从近处看,便有着绿莹莹的感觉,若是远眺,说是一派青色,似也确切。青,乃是介于蓝与绿之间的一种色调吧。青青的海,赋予青岛这座岛城以色彩的基调。一个青字,统摄了它的精魂,成为它宁静清新的冷峻美之重要元素,我想,当是符合实际的吧。

海,欣赏它青色的宁静与清新的美,不要在游客如织的栈桥边,也不要在万头攒动的海水浴场。黎明,黄昏,或是夜深人静时的海角,独自面对,才可能融入其意境深处,有所领略。

我常在黎明时分,在鲁迅公园那青松翠柏与蜿蜒礁石之间的小路上,去迎接海上的曙光,乃有了《日出印象》那一种神奇的感受:

> 海的大理石,依然蒙着睡眠的青纱,昏昏迷迷。
> 晓风拂过,低飞如鸥鸟之翼。
> 谁揭开海的面纱,谁的手指?

我在那里等候,耐心地等着.终于来了。我听到:

> 冷浪拍打高高崖壁,一种丝绸之声,
> 边角摩挲海浪发出的丝绸之声,近了。
> 光的音乐的手,弹击着褪了色的紫色高岸。
> 岩石上琴弦颤颤,蠕动着的道道日光已经登陆……

这样的风光只有在海边才能够获得。到夜晚,便是完全不同的一种冷色调了:

> 被月光镀亮又被阴影涂暗了的
> 海之波,有一点冷。
> 亮的屋脊和暗的瓦楞,一波,一波,唇的开合,
> 唇与唇之间,是流亡的历史,锁住。
> 喷出来的泡沫,随即被抹去,
> 波涛叠加,翻过去一页,又一页,竹叶般青青,
> 凝聚其上的露,梦之手传递。
> 海之波,是谁的眼睛,睁开,又闭煞?

　　当然,海之美无比的多样,非我的一支拙笔所能穷尽。然而,仅仅有海,尚不足构成青岛之水彩画或油画般色彩的瑰丽,不足以显示其迷人的特色。还是曾在这里作寓公的康有为的十六字概括,最具代表性。这十六字是:"红瓦绿树,碧海蓝天,不寒不暑,可舟可车"。

　　这其中,最关键的便是红瓦与碧海了,如果说青青的海作为一种冷色调,是青岛的底色,那么,点缀跳跃其间的红房子,便是成为强烈对比的亮色调。俞平伯先生《青岛即景》诗中写道:"三面郁葱环碧海,一山高下尽红楼",突出的也是海和红房子,可见英雄所见略同。而在郁达夫的青岛游记里,对于红房子更有独特的描述和解说。他说:"以女人来比青岛,她像是一个大家的闺秀,以人种来说青岛,她像是一个在情热之中隐藏着身份的南欧美妇人。"

　　红瓦顶的建筑成为青岛城市的一大特色,这在西方,或许并不新鲜,而对于古老的中国来说,便是一种"异类"了。我去过的城市不多,但,无论是我自幼生长的扬子江边的小城如皋,兵家必争之地的徐州,还是首都北京,省会济南,全是以灰色瓦顶的房屋为主体的,它便在总体上形成一种阴郁感的压抑。我觉得它是千年王朝专制极权统治在城市上空笼罩着的一重阴影,生活在其间的绝大多数普通老百姓,终其一生都过着被奴役被压制的生活,这种灰溜溜的色调,便成为他们精神状态到心里色泽的一个象征物而保留了下来。所以对于青岛的红房子,我是情有独钟的。它明朗、开放、热情、欢悦,给生活在其间的人,提供了一种心情舒畅的"背景"。

　　我有一章散文诗《红房子》,说出了我对它的印象:

　　　　红的雾,飘浮,飘浮,
　　　　沙滩热得烫手,红房子升起一个城市的夏天,
　　　　波涛汹涌的楼,童话中驶来的红帆船。

港口、号角,远征归来的骑士
阔披肩旋飞。

轰响的植被,火焰从山坡滑落,
红色瓦的鳞片,在绿枝上游动着闪烁的鱼。
旅游小区的一扇窗子打开了,丝质窗帘,
淡蓝色柔软地下垂,下垂。
染着红指甲油的少女的手,纤纤地弹拨天外的流水。

海:摇篮或坟墓

在海边住久了,对于海,当然是有感情的。多年来,以海为题材的诗文,不知不觉间,竟积累了许多,足够编一本专集了。若要将其分类,其实不外乎两种,即海的温柔与狂暴,或者说,它既是摇篮,也是坟墓。

海是温柔的吗?风平浪静时到海边走走,万顷碧波之上,阳光闪闪烁烁,风之手似有若无地掠过,浑鸥的翅膀低低地掠过,都不曾惊扰了它的沉睡。只有快艇驰过时,它才会有短暂的波动:

浪被霍然切开,泡沫横飞:阳光的碎末。
音乐摇晃色彩,海风流放金属。
速度的快感只一分钟,欢呼闪电般消失,
骚动的浪各归原位:喘息,疲劳,沉默。
海,依然孤独。

在这首诗里,海被作为一个"被动"的角色处理了,其实,海不会是"被动"的,也永不会孤独。将海还原为主动的存在,应该说:海依然

温柔。

最能体验到海的温柔感的,并不是在海中畅游的裸泳者,而是那一叶扁舟。舟越小,越能体验到海之波轻轻推动你缓缓而行时的摇篮感觉:

吮吸那咸味的风,与洁白的浪花的乳吧。

大海妈妈用她永不休闲的温柔的手,摇晃,颠簸,抚拍并且喃喃,唱一支催你入眠的摇篮曲……

海是温柔的吗? 答案是肯定的,勃然变色乃是由于风暴的骤起,九级狂狼源之于强台风的来袭,或是海啸的肆虐。每次大小海难的形成,都来自于气候的变化,海是被动的。风暴、雷霆,桅杆折断时的闪电……海便成了蔚蓝色的坟……

我看过一个日本舞蹈。它凝缩了一个海滩悲剧的影子,留给我极深刻的印象。在散文诗《舞者之衣》里,我记下了它的梗概:

舞者之衣,飘然而至。
舞者之衣,若海上波涛青青的一角,有节奏地摆动。
舞者之衣,似淡淡的烟岚环绕,远飞之鹰的翅膀隐没。
(一只小船跌宕,颠簸于幽幽的青色之中,
这一片青色,好远。)

如此苍茫,落寞,舞者之衣,如此孤单无依地漂泊……
破碎的船板飘过来了,折断的臂膀飘过来了。
水寒伤骨,幽灵逃逸,
舞者之衣成为这一悲怆的唯一抖动,传送着生的系恋。

笛声响起来了，低回着，凄然如雨的绵延，
是水上孤魂躲在哪一角礁石后面呼救？
是低低的风在搜索那一条飘散的船？
是招魂曲吹送着异域之海不安的喘息？
听着，听着，倚在崖边的望归人，那一角青衫袖，湿了。

这个遥远的异国之海上的悲剧，是由动着的音乐和舞蹈传送来的。另一个近在咫尺的海上悲剧，却是由静止的一块海边之石凝聚为永远的碑刻耸立在青岛近郊的海滩上，那便是有名的石老人了。

我曾几次去瞻仰过这位"老人"。他耸立在那里已不知多少年了。这原是一根海蚀柱，经多年风吹雨淋，和海浪无止境的冲击，呈现出一种古朴青苍的颜色，真有点像个老人伛曲着微驼的背，在眺望远海。关于这个"石老人"，流行着几种不同版本的民间传说。但主要情节大体相似：一个渔家老人的女儿被海浪卷走了，老人站在海边痴痴地盼望，夜深人静时仿佛能听到他的叹息与徒然的呼唤。传说的编造者照例给了它神话性的"加工"。他们不信或不敢指称大海为"凶手"，而将掠夺者归之为莫须有的"海龙王"。而我却认为，这个悲剧故事的真谛，乃是渔民们对数不尽的海难无可奈何的控诉。"石老人"痴痴地站在那里，是对于埋葬在大海坟墓中的死难者的怀念和召唤。

海在，它的摇篮与坟墓的双重身份便在。现实中便仍会有海难悲剧发生，有葬身鱼腹的受难者，有望眼欲穿亲人归来的盼望者。我曾写过一章题为《烛灭》的散文诗，便是一则海难悲剧的"民间故事"：

一场风暴，水手失去了他的船。
漂流，漂流，漂流到一个海岛上来了。
这里没有人家，崖壁孤悬。
青色苔衣覆盖的洞口，坐着一个老妈妈。

独眼的老妈妈，白发肖肖。

儿子漂失二十年了，她夜夜在这里，等候。

"老妈妈"水手向她扑过去了。

她伸出手，抚摸，抚摸：头发，耳朵，眼，鼻子……

老妈妈燃起一支烛。

（烛是一个残酷的证人）

"不！"她轻轻推开了水手。

一阵风，吹灭了她手中的烛。

九月的杯子

九月。九月是一只杯子。水晶体，透明的杯。盛着凉意的风，和一滴滴草叶上的露。

"扶桑正是秋光好，枫叶如丹照嫩寒。"鲁迅先生这两句诗写的便是九月吧。我喜欢"嫩寒"这个少见的词语。九月的杯子，盛着浅浅的凉意，最富沁人心脾的情怀，便是"嫩寒"所指。

一点点轻寒，微微的冷，如薄冰，一触即破；一点点轻寒，永恒地挂在树梢，不落的叶子比落下来更冷……

这是我对九月之杯的陈述。叶子萎缩了，干枯而黄，坠落在地时，便是深秋。九月的叶子依然绿着，只是已有了簌簌的怯意，弱不禁风地瑟缩。悲剧降临时，落叶其实早已死亡，九月树梢上抖索的叶子才是秋之风韵的展现。

危崖上，石缝间，竹篱边，牵牛花睁开了明净的眼睛。有粉红色的，也有深蓝色的。我喜欢摘一朵蓝色的杯，一滴两滴露水眼泪似的沾在花瓣的内侧,一种润凉感自杯中外益。疏疏的竹林仿佛储蓄着些许嫩寒,竹竿上敷满的雨水或露握上去更觉凉意森然。竹叶子则像张开的手指,晶莹的露珠在指尖上闪闪欲滴。在林中小立片刻,便被那凉意熏染。这是初秋之晨,人间九月天。

荷塘里有细小的蜻蜓在飞,纸一般轻落的翅膀颤若游丝,荷叶已卷起了角,莲蓬熟了。青青的莲子象乳头,剥掉青皮,便有一种甘甜的气息诱人地散开。只需吃一粒,便足可领略那清新。河水渐渐清浅了,待到"留得枯荷听雨声",早秋的清凉便向晚秋的萧条转化了。那时,九月已闪过。

葡萄也熟了。八月的杯里常见的是啤酒,九月的杯中便该是葡萄美酒了吧。九月的盘中更是一串串紫色、碧色葡萄的天地。紫色的葡萄如火,似乎还有酷暑火夏的余热未消,碧色的葡萄才是九月的象征——清浅、淡雅、冷峻。垂在架上的碧色葡萄闪着光像爱情一样清纯,空气、阳光、水分,都被它吸取并搅匀,才有了那么诱人的丰满与宁静。

我喜欢山野里随意开放的不知名的小花,那么闲散,那么放任,那种不拘一格的野性美,因杂草丛生的环护,因碎石崖坡的蜿蜒,因青草气息的弥漫,而构成了一个充分自主、与世无争的王国。我寻找到一种眼珠般大小的花朵,两片竹叶似的青青叶子,托着一朵蓝色花,花瓣像蝴蝶的翅,更像薄薄的嘴唇,怯生生地摇颤在风中,蓝幽幽地想说什么而终于不曾说出。

它使我感受到了一种悲剧的暗示,或许是古老历史的遗物,有着幽灵的性质?

"光被磨损了,几千年的朝湿,凝聚出这两滴冷冰冰的蓝?"像封闭已久的历史,终于被打开……

不忍去采撷。我站立在那里,默默地"祭奠"。

这时候,竹篱外的草丛里传来了秋虫们的合奏。蟋蟀们、金铃子们

悄悄张开了它们的音响之弦,孩子们忙碌起来了。八月的瓶子里亮着萤火虫的绿光,九月的瓦罐里响起的便是虫子们的秋歌了。

有一些欢乐,有几丝凄凉。这秋歌,也算得"楚歌"之流吧。九月的乡野,置身于此起彼伏的秋虫的吟唱声中,或也有一点"四面楚歌"的况味。只不过,孩子们不会因之而伤感,他们正聚精会神地窥测方向,准备将"楚歌"捕入他们的"杯中",以求一乐呢。

竹 之 恋

竹非树。禾本科植物,却又不是禾。

笔立,坚挺,一点点拔节而上,直插云天。

圆柱形的高杆,中心却是空的。青青的翠色,比所有的绿叶都年轻些,淡雅而清秀。叩之叮叮然,有声。

这便为它音乐的素质,准备了天赋的条件。

竹叶舟:竹叶的形状似舟,却从不作水面的漂浮。只在风中游泳,与阳光和阴影游戏,捉迷藏似的,无休止地翻腾。看到底是阴影吞噬了阳光,还是阳光消失了阴影。

竹的根刚劲地延伸,在地下盘根错节,不断扩张着它的家族。雨后春笋,雨水湿润了的泥土,被竹的尖尖的"矛"刺穿。笋便是襁褓中的幼竹。转瞬便长成一片竹林、竹园,蔚为壮观的修篁天地,一派青葱。

竹可以为笛、为箫、为笙、为胡琴。从空空的竹中,生发出多少奇幻的乐声。然而这些声音不过是死去的竹管中人们吹奏出来的。竹自身,那活的竹子,瘦瘦的,亭亭而立的竹子才是最具天籁之美的乐师。风雨中的竹林,原是一个音乐的世界。

风吹着满园竹叶,簌簌作响,急雨敲打着它,发出沙沙之声,下雪时,又小又圆的雪珠散落在挺挺的竹竿上,叮叮然如钢琴上弹出的柔板。

　　"独坐幽篁里，弹琴复长啸，深林人不知，明月来相照。"一弯冷月斜照在村边的小溪上，淙淙的流水与竹叶上风的嘶吟和鸣，月的光与竹的影浑成一片朦胧，却又远远超过了一曲歌与一幅画的境界，是任何一处室内音乐会都难以企及的呢。

　　我喜欢站在远远的河岸上眺望竹林的晨曦。阳光熹微，淡淡的雾缠绕在青青的竹梢，渐渐抹上一点微红；所有的竹叶上都滴着清露，我感到说不出的清新，如饮琼冰。炎热时，甚至伸出舌去舔吮这珍珠似的竹叶水，把发烫的脸颊，偎在竹叶上，感受那彻人心扉的凉意。

　　但是，我对于竹有了真正的理解，却是在远离了故乡的竹林，饱经了世事的沧桑之后。

　　不知为什么，当我读着伯夷叔齐首阳山采薇的故事，当我读着"竹林七贤"中嵇康和阮籍的诗，我便想起了竹的形象：竹是贫寒、清秀的；竹是孤高、硬朗的。古时候士大夫的遗世独立，自命清高，颇有一点竹的风韵吧。

　　"清高"也与知识分子一起蒙受过耻辱的污垢，当"臭老九"称号甚嚣尘上的时候，"清高"也是备受责难的"恶行"。然而对于我，清影摇风的节操，甘守寂寞的清贫，比起那钻营于市井的华贵，斤斤于权势的庸碌，始终是洁白形象。因此对于竹，我始终念念于怀。

　　当着新笋破土而出，迎着春风箭也似的勃发旺盛生命力的顽躯，是任什么残砖碎石也阻遏不住的，当它拔节而生，高高摇曳于清风艳阳中，那硬朗的风骨，更是从不向来侵的风雨折腰的。甚至当伐竹的刀斧临身，那夸夸然的破竹之声，也是脆而直，仿佛一个硬朗汉子的慷慨陈词，决不是弱女子可怜巴巴的嘤嘤而泣。

　　怀着对竹的深情，我常常走远远的路，到一个林园去寻觅一丛苦竹，凝眸于斜阳晚照下的青青翠色。我感到如同面对一个淡交如水的

老友,面对一个耿直、朴质而又拙于言辞的知音。我喜欢它的翠色,它的清淡,它的高爽,它的朗洁。当着污浊的尘土仍在扑向一些人的心灵,权势的污泥常常迷醉一些人的良知的时候,疏影飒飒的竹的风姿,总使我感到清新和爽目。

冷 的 海

曹操在戎马倥偬的行军途中,"东临碣石,以观沧海",留下了一首深远沉郁的咏海绝唱。"秋风萧瑟,洪波涌起"赋予了海以苍茫幽深的诗性情怀,足以唤起许多声响和色彩的记忆了。

湖性柔,海性刚。我欣赏的海,不是风平浪静时悠闲安谧的那种。有一点荒凉,几分粗野,披着青色的长发,奔腾呼啸着的放荡不羁,才是它原始本性的展现。

海是冷的。不仅仅温度,色调也冷。都说是"蔚蓝色的海洋,"我却感到一种深色的绿,墨绿。月光迷离时,披一袭轻纱,似进入梦境,自然是一种冷。阳光辐射,有了短暂的明亮和热,一旦太阳撤离,又复冷却了。

冷的海,竹叶形的波涛,风的瘦小的唇,在疲惫中喘息,这是它的静态。风暴起时,便像青色瓦被哗啦啦掀翻,多米诺骨牌似的被推倒了。一场战争打完,城堡化为废墟,马蹄声渐渐远了……

冷的海,雾霭迷离中的一弯海角,紫色山崖的影子倾斜着投向海面,宛若一幅罩满风尘的山水画卷,展开了古铜色的梦境。这时已临黄昏,我感到了风的阴冷,涛声抖动着铁索哗响的凛然节拍。从远处传来了凄凉的螺号声。

一个年轻打鱼人,背倚在一尊礁石之上,向远方浩茫无边的洪波,发出了惶惶不安的叩问与召唤。他是在呼唤一艘久航未归的船吧!

海，很大很大；船，很小很小。万顷波涛间叶子似的一片扁舟，大小的悬殊更突出了那一双划桨之手从容起伏的智慧和勇敢。隐隐约约的船上灯火骤明骤灭，水下的珊瑚礁丛间白骨常留，海滩、颠覆、沉没，冷的海，千篇一律的呼啸吞没了多少打鱼人和行船人的血肉之躯！

我去过青岛东部海岸的一个渔村，临海的峭壁和沙滩礁石上，到处是喧腾的海涛肆虐的踪迹。湿漉漉的受伤的石头，苔藓蔓延，海带草纠缠；蛤蜊、海螺、海蛎子皮与破碎的贝壳遍地狼藉。那些石头每一块都是遭受蹂躏与侵蚀的铁证。它们呈现着古树皮和青霜剑的颜色，香炉和墓碑的颜色，死亡的岁月和荒芜的土地的颜色。

喧哗咆哮的大海是历史，这些不说话的石头，也是历史。

其中的一块，酷似一个老人佝偻的身躯，面向大海伫立在海滩的前沿多少年了。这便是被称为石老人的那一尊巨石。

青岛的海岸线上有不少艺术家创作的雕塑，还有雕塑园，惟这一尊"石老人"的天然塑像，最真实地经受了岁月的磨洗、锻打和锤炼，记录下人与大海搏击的悲壮和辛酸。是海浪的尖刀日夜不停地雕琢，苍老了它的容颜，雕出它青青的发，凹陷的颧骨，黝黑的腮。人们说，每当落潮时候，总听见老人的叹息和歌歔。

人们以种种想象、种种传说来编造和演绎"石老人"的故事。说是某一年，海龙王掠走了它唯一心爱的女儿，伤心的老人奔跑在海滩上疯了似的呐喊呼唤，女儿没有回来。老人伫立着，等待，站成了一尊瞩望远海的石头。

我宁愿超越这个故事，跨过父女之情的个人悲剧，将这尊人形的海蚀柱，视为一个符号，一种象征，一个寓言。它叙述并认证着一代代渔人的苦难，代表死难者的亲人作永生不灭的注视和召唤。望海不仅仅是注视和召唤，望海，也是一种对峙，一种永不屈服的对峙与坚持。

人与海的搏斗，没有穷期；人与海的对峙和厮守，也没有穷期。

海不会枯，石也不会烂。

少年早识愁滋味

一

辛弃疾《丑奴儿·书博山道中壁》词中云："少年不识愁滋味"，这句被广泛传诵的话，准确道出了许多天真乐观少年的心态。但是对于我，对于我的少年时代，却又不然。回忆当年，不觉感慨丛生，对我来说，似乎倒是"少年早识愁滋味"的。

性格使然，先天气质的赋予，从小多病，体质孱弱，心理上的敏感，多虑，怯弱以至恐惧感的频频出现，便是这"愁"——更准确地说是忧郁感产生的内在因素。向记忆深处追寻，便有一幕典型"案例"闪现。那时，不过三四岁的样子，夜晚躺在床上，躺在妈妈身边，我睡不着。一盏油灯熄灭，眼前便有许多幻觉浮现。是鬼魂、野兽，还是一种莫须有的什么阴影呢？远处传来庙宇的钟声，沉重而低缓，悠悠然持续不断。"我怕！"这是一种灵魂的呼救。妈妈把我揽在怀里，用手拍着我，轻轻地说："不怕，不怕。"我仿佛获得了一种庇护，紧张的心情渐获缓解，然后慢慢地睡去。

"我怕——"，这是一个孩子对陌生世界发出的一声呼救。现在想来，他或许便是我漫长一生中的一个关键词语。是愁，是忧郁，是弱者心态，是掌握不了自己命运的小人物的恐怖感情不自禁地流露……

二

我少年时生活的那个城市，古老而残破。一圈衰败欲倾的城墙围住一幢幢灰色瓦檐的平房小院，石板铺地杂草丛生的小巷构成蛛网式的连环。这座城市被笼罩在浓浓的宗教影响之下，庙宇环立，几乎家家都点香燃烛,供奉着小小的神龛。妇女们对佛祖的虔诚叩拜,是不可或缺的日常课程。至今使我不解的是,死人的奠仪竟也异常频繁。走到街上,常常听到唢呐哀鸣,披麻戴孝嘤嘤哭泣的送葬行列缓缓穿过。死人的棺材要在屋中停放三年。所有这些,都给我幼小的心灵留下难以摆脱的恐惧和忧伤。我面对的是一个神、鬼、人的世界。神是渺不可知却又至高无上的威严,是操纵着人的吉凶祸福以至生死存亡命运的看不见的黑手。鬼世界更是阴森恐怖的无底深渊。人,生活在一个无法掌握自己命运的社会,在神与鬼之间奔波和挣扎着,又何尝能增加一点点自身命运的安全感呢?

人的世界又如何呢?

我有一个守寡多年的外婆,唯一的儿子因病早亡,只能寄食在我父亲门下。她矮小瘦削,一头白发和布满皱纹的脸且不说,几乎从来不发一言,从不跨出她困守的那间阴暗的小屋。吃饭是妈妈给她送去,孩子们过年时给她拜年,她也不发一言,更不必说露一丝笑容了。谈什么人的尊严与幸福,连生活的起码乐趣也没有的,却也活了七十多岁,走过中国女人屈辱的一生。

在我家西侧厢屋里住的是母亲的表妹,我叫她赵姨娘。高高的身材一头黑发,体魄健壮,不过四十岁上下,已为丈夫守节多年。她每天掐着一串念珠,拜佛诵经,过着寂寞清苦的日子。她一双空洞洞的大眼里,含着一汪冷冰冰的寒光,白净的脸上光闪闪的,是一种佛光的照耀么? 这个苦命的女子,终于剃去一头好看的黑发,出家当尼姑去了。

我母亲当然比她们幸福,有丈夫,还有三个儿女,操持家务几十年,父亲常年在上海谋生,一切操劳全压在她的肩上。于是便得上了一身的病。而在这个家中,她其实并无尊严和独立的意志可言。旧社会的女人,不过是丈夫的奴仆而已。每当她和父亲争吵,受压受气的永远是她。眼泪、叹息、忍受,便是她精神生活中的"三部曲"。常常在深夜听见她的啜泣,我便不能入睡了。暗自惊醒着,担心她会想不开去寻短见。

这是一个十岁左右的孩子所能承受的么？而我，恰是在这类精神的压抑中由童年走向了少年……

三

由童年到少年，从家庭到社会，与外面世界的接触在展开。

（外面的世界很精彩……）

我家门前的那条小巷，不长，夹在十几户人家的平房之间，巷尽头一盏路灯，黄昏时放出一圈暗淡的灯光，照见了斑驳的砖墙和一些杂树的影子。这时候便有卖糖粥和炸油炸豆腐的小贩陆续地走过。冬天，炒白果的老人总是蹲在墙角边点起小小的炉火，白果在他的炒锅里翻腾，爆出轻微碎裂的声响，散出一阵阵苦味的清香。他的生意冷落，但总守住那个"地盘"不肯离去，直到夜深，刮起呼呼的北风，飘起阵阵雪花的时候，他还不走。炉火的光焰渐渐暗去，照着他那顶破了的毡帽，已照不清脸上缕缕的皱纹了。他蹲在那里，用袖子擦去流出的鼻涕。冬夜小巷里这幅暗淡的画图，一直留在我记忆中不肯退去。

冬天，傍近年根，我家屋后那座道观里便要做好事，向穷人施粥了。一条长长的行列在凛冽的寒风中蜿蜒，那些缩着肩，颤颤地伸出一只手来领取"圣餐"的碗或钵是很脏的。一瓢稀薄的粥注入碗中时早已是冰凉的了。一个老人没等走开就迫不及待地捧着喝了起来，稀粥的汁液沾在胡髭上，随即结成了冰。

除夕之夜，施粥的窗口早已关严，台阶上还坐着一个老人，手里捧着一只空空的锅。是在等待那明日的施舍么？

四

辛弃疾在他的那首《丑奴儿》词的下阕写道："而今识尽愁滋味，欲说还休"。这"而今"想必是老年时候。对我来说，而今也早到"识尽"的岁月了。"识尽"了么？怕又未必。当记忆正日渐衰退，不时浮现在脑海中的少年往事,便成为弥足珍贵的"财富"了。其中一些片段,已在我的散文或散文诗中化为诗性的情节而存活了下来。我在想,我少年时的"愁滋味",其实是人生经历赋予我的忧郁情怀的一种源泉,或许还是生活教科书中至关重要的一些"章节"。世界是美好的,人生是美好的,但是,即使在最理想的社会,苦难和忧郁,恐也难以完全绝迹。作为一个人,尤其是作家,有一点忧患意识,有一点悲悯情怀,总比浑浑噩噩或麻木不仁要好一些吧。

至今对少年时的"愁滋味"仍在喋喋不休,或许,也算是一种"为了忘却的纪念"吧。

小城·小河·小巷

我的童年、少年时代都是在如皋度过的。它坐落在扬子江北岸,城很小,却自有一种古老的情调。在我的印象中,古老的衰朽的城墙,灰色的小巷,断断续续像被切断的蚯蚓似的行将干涸的小河,寺庙与废园,为昔日的这座小城定下了一种冷落、残破、衰败和微带凄凉、阴郁的基调。我生活在它的怀抱中的时代,是上世纪三四十年代,正是祖国罹难,战火纷飞,人民处于贫穷饥饿难以安生的阶段,这个城市的气象,当然不会是欣欣向荣、充满快乐的。

像很多古老的城池一样,如皋曾有一圈护卫着它的城墙。泥土灰砖堆砌而成,东西南北四面均有双重的城门,城外是护城河和吊桥,这一切均符合"规格"。但城墙确已衰朽,颤巍巍地,墙垣上的雉堞残缺不齐,就像脱落了牙齿的老人。经受着岁月风雨的冲刷,战争弹孔的穿击,墙体已百孔千疮。城墙外侧长满杂乱的树,高枝横生,厚重的叶子层层相叠,遮住墙身不见阳光,到了阴湿的黄梅季节,厚厚的苔藓覆盖出一片青苍,壁虎、蜈蚣之类的虫豸爬行其间,蓝蓝的雾在枝柯间缠绕。小

时候,爬上城头,登高望远,便成为我玩耍、流连的地方。站在那里,可以望见护城河中拥塞的木船上炊烟缭绕,光屁股的小孩,和船篷上晾晒的土布衣衫,还有远处田野间绿油油的庄稼,起风的时候能听见高粱叶子飒飒抖动的声音。在城头上放风筝,捕捉萤火虫和蟋蟀,或者听一个小号兵在那里吹号角,呜呜咽咽,不知道消磨了多少时光。等我长大了些,已是"弱冠少年"了,这个城市沦入了日本侵略者的魔掌,一种无法解脱的苦闷深深压抑着我,便常在黄昏或夜晚,到城头上痴痴呆立,或低头绕城而行,转了一圈又一圈,茫然无主的作"笼中困兽"的奔跑,无可奈何,脱不开身边那"千条的铁栏杆"。

我的家住在北门,靠北门城脚跟不远,那条巷子叫安定巷。后来搬到古旧河巷,又称旧河边,想来过去曾经有一条河吧。城中的小河很多,似乎过去曾经有一个完整的环流性的水系,后来逐渐干涸,便被填死改成住宅或街巷了,但断断续续的小河与桥依然杂乱地保留着,却难以构成如同苏州那风光幽美的水乡情调了。我的母校安定小学,便在小河的环绕之中。河虽不大,却也有浮萍、小鱼、芦苇,有一些杂树,毕竟带来许多情趣。沿河边小路向东北,可以寻访有名的水绘园故址。水绘园是名士冒辟疆与董小宛居住过的名园。而今已按原建筑样式重建,开放为旅游点了。我曾拜访,觉得人为装点的味道浓了些,远不如我小时候常去的那一角残楼、一汪枯水、一片荒凉的田园更富诗意。

我该提提那条安定巷了,都说小巷深处,其实那些小巷窄而短,短得像一根"香肠"似的,所以我说:小巷无深处。贫苦人家,残破门户,哪会有什么深宅大院的气派呢?

小巷无深处,铺着一些石板或碎砖,高低不平。门与门紧相毗连,黑漆大门铜环叮当,破损的柴门半掩半闭,可以看见小院矮墙上扁豆的紫色豆荚或白色的花穗,藤萝架间绿叶扶疏,或者一颗石榴树,叶子上落满煤灰。不透气的小窗,玻璃已碎;撩开门帘,走出一个拖长辫的童养媳或是老太太,到巷子头去泼淘米洗菜的污水,接着便惊起一群苍蝇嗡嗡地乱飞。黄梅季节,流不尽的雨帘挂在瓦檐下面,成为小巷中自晨至夕的奏鸣曲。夏天,日午时分,巷子里分外地静,听见算命瞎子打着小铜锣走了过去,竹竿敲地,影子瘦瘦地挪移,那节奏缓慢得让人喘不过气。

小时候最感兴趣的是地摊上摆的和小巷中叫卖的零食小吃之类。譬如卖红枣的,本来很普通,小贩却设计了一块圆圆的小桌,划上十二道格子,每两格置一小碟,盛红枣两三枚,亮晶晶胖嘟嘟地,一点皱纹也没有,还浸以少许微黄的枣汤粉汁,构成颇富色彩感的诱饵,便足以勾引小孩的"馋虫"了。需要掏出一个铜板,方能取得"投机权",去转那"钓钩"。钩停在空处作废,停在红枣那一格上,便可享用,那真是欢天喜地,高兴得无以复加。再比如荸荠,削去红棕色的皮,用一根篾子串成一串,泡在水中卖。买上一串,边走边吃,味道脆而甜,水嫩水嫩,真的是满口生津。

进入黄昏,小巷的叫卖便开始了。有敲着竹板卖馄饨、汤圆和糖粥的,有挑着小小木炭炉炒白果和栗子的,还有卖油炸豆腐干的,凡此种种,我其实很少品尝。难忘的是夜深人静不无凄凉感的叫卖声和寂寞竹板的伴奏;是倚在墙边缩着头颈在冷风中抽一袋旱烟等不到一个主顾的卖馄饨老汉鼻尖上淋淋的涕水;是蹲在炭炉旁炒白果发出的轻轻炸裂微带苦味的清香。我吃过白果,也吃过糖粥。那粥稀稀拉拉的,几乎没放糖,一点也不甜,远不如我母亲做得好吃。她做的糯米糖粥里有红枣、莲子、百合。每次做糖粥,掰百合的任务多分配给我干。百合的瓣上包一层薄皮,很苦,需要揭去。揭皮时发出一声轻微的"嘶"声,很有趣,我喜欢干这活。

小时候喜欢过冬天,尤盼下雪。冬天,家里不生火炉,一排落地窗,并不关严,任风呼呼吹进堂来。天一黑,点上小油灯,父亲便喝一小盅酒暖身子,一小碟花生米拌豆腐干,加青蒜叶,还浇一点麻酱油,便是下酒小菜了。孩子自然不能喝酒,由于我小,享受"最惠国"待遇,可望

吃到一点点花生米拌豆腐干,那是一种享受了。

下雪天也有凄惨景象。每到年终岁末,小城里要向穷人们施发一次"扶贫"粥,称为"放粥",是庙里的和尚或哪个慈善单位主办的。放粥地点便在那灵感观的大门口,一早起便排上长队,多半是白发苍苍的老者,有抱着钵的,有带着碗的,雪花飘在他们的破棉袄或麻包片上,颤巍巍的手端着一碗粥,稀落落、白潦潦的,哪里还有一点热气呢,早结上一层薄冰了。我记得那粥,盛在肮脏的一只残钵里,轻微地晃动着饥饿人的眼神。——至今还在记忆中向我闪耀着呢。

那一棵树,是银杏

一个人老了,徘徊于
昔日的大街。偶尔停步
便有落叶飘来,要将你遮盖。

这是诗人西川的诗《一个人老了》中的几句,我很喜欢。"一个人老了",这句话很平常,却有一种怅惘与惋惜隐含其间,耐人寻味。"落叶飘来,要将你覆盖"更是对于老人心态的一种微妙暗示,其悲凉意味,是不言自明的。

这片片落叶,长在什么树上呢? 西川没有说。我却想说了:是银杏。这便是我的"移叶接木"的"篡改"了。它将我引入了自身的经验与记忆中了。

"一个老人"当然就是我了。每天清晨散步,总要在一棵树边流连,对着它活动活动腰腿,这便是那棵银杏树了。下午再去散步,"偶尔停步",也总在那里伫立,看它茂盛的绿叶葱茏,夏日里鼓荡着轻微的凉风。深秋季节,便渐渐黄了。几日未去,竟是一株苍然而立的黄叶树了,愈吹愈寒的秋风将它们一片片剥落,竟是如此地坚决和无情。待到只有几片零零落落的叶挂在枯枝的消头,便真的让人引发了身世凋零的感慨。我想起以前读过的美国作家欧·亨利的一篇小说的情节了。一个女孩子患病躺在床上,好像是结核病吧,已临后期。她望着窗外的一棵树上日见稀疏的叶子,只剩下三四片了,便向她的朋友说:"这最后一片叶子落地的时候,我便去了。"她的朋友很难过,画了假的叶子沾在树上,终未能挽住她年轻的生命。

女孩子留恋的那棵树未必是银杏,而我却必是。因为,对于我来说,对银杏是别有一番深情在的。

银杏古老,被列为子遗植物。郭沫若说它只在中国有,应推为中国的国树。它有一个古老的名字:公孙树,一棵树能存活千年之久。那高高的挺拔身姿,宛若伟岸的美男子,历经冰川期在内的大自然的诸多变革犹然健在,仅此也可以尊为"英雄"的植株了吧。

我家乡故园墙外的古庙中,有几棵银杏树,常将它扇形的叶子飘洒到院内,拾起来玩赏,是童年的往事了。最难忘是冬日黄昏至深夜,小巷中那炒白果的叫卖声。一股苦味的清香,和白果在木炭炉里炸裂的轻微脆响传过来了。守摊老人蹲在昏暗的街灯下,他憨厚的笑容多年后还常浮现在眼前,而炒白果的香味和它嚅软而微苦的滋味,更是至今犹在的一种诱惑。

银杏之于我,更难忘的乃是它曾治愈过我的病,也可说,是它挽救了我的生命。那是上世纪40年代初,我二十二岁,正处于最困窘的岁月,贫病交迫中流落异乡,寄住在一个朋友家中养病。得的是肺结核,低烧不退,骨瘦如柴。找过一位名医,当时的特效药是链霉素,价格昂贵。大夫说,必须长期注射,否则无效。那时我连吃饭都成问题,怎治的起病? 只能望药兴叹。偶然从报上见到南京一家研究所传出的偏方,说银杏可治结核病。于是便写信请老家的兄姐帮助,采撷了一些银杏果,浸入菜籽油里,密封百日后,寄给我服用。银杏果的外层肉质是绵软的,

黄绿色,有毒,不能生食。在菜籽油中浸过,当是解过毒了。服用时,先吃这绵软的果肉,味道苦涩;然后,将作为核的白果的硬壳去除,再服用那内藏得黄色果子。这个偏方果奏奇效,不久便退烧,最终竟逐渐好了起来。

怀着对于银杏的一种特殊感情,在上世纪 80 年代初写过一篇散文《银杏》,被散文家袁鹰先生看好,选入他主编的《中国新文艺大系·散文集》里。这篇散文中的故事是听来的,有一点虚构成分,但其中寄托的我对于银杏的怀念和感恩心情却是真实的,譬如文中有这样一段:

一枚落叶坠到我的脚边,小小的如同展开的扇面似的叶子,哦,银杏树!我仰起头,好高大的一棵古银杏树啊,枝叶繁茂如一头蓬松的浓发。叶丛中点缀着青里透黄的浑圆的果子,这个意外的发现,使得我的心情骤然紧张起来,血液也加速了流程。银杏树,我的南方故土上的旧物,伴过我凄凉童年的旧物啊,我们已经多年未见面了……

伴过我凄凉童年的银杏树,而今又来伴我寂寞的老年了,也算得一种缘分。入冬以后,我常常走过的一条两边都种着银杏树的大街上,尽管树上只剩下些光秃秃的枝条了,却依然刚直地笔立着,披风载雪,在凛冽的寒风前毫无卑躬屈膝的媚态。而我每日散步时,总要在那些熟悉的落光了叶子的树前伫立片刻,想象着它们的枝条是伸向我的手。我在想,有一天我终将离世而去时,若有"落叶飘来",定然是这银杏树的叶子无疑。有一片银杏树的绿叶或者黄叶遮盖,自然是很温暖的。

玉米情结

一个人从小就喜欢吃的东西,到老了还念念不忘,照馋不误,怕就真算是一往情深了。我对于玉米，即苞米棒子的喜好，或可归入此类。

我老家农村中，种水稻，也种麦子、玉米、高粱、小米、大豆亦一应俱全。每到夏秋之间，苞米初熟，便有人将煮熟的玉米送上街头叫卖。这上市的新玉米多半还没熟透，比较嫩，吃起来口感最佳。金黄的玉米固然好吃，有一种白玉米，颗粒小，有黏性，吃起来软、甜、绵，称为"黏玉米"，更让我百吃不厌。卖玉米的多半是近郊来的农家妇女，也有小姑娘。煮熟的玉米放在竹篮内，跨在胳臂间，见有买主，就将篮子放在地下，揭开盖在上面的毛巾，便有一股热腾腾、香喷喷的气息扑鼻而来。我从妈妈手上接过一棒，剥掉那裹得很紧的"苞衣"，便开始横放嘴边啃起来。哦，那香、那甜、那黏、那软绵绵黏牙的质感，久久地留在口中不去。

记忆重温，到城市街头仍能买到煮熟了的热苞米的。可惜的是，一口残缺不齐、摇摇欲坠的朽牙，已难以与那一粒粒硬邦邦的"老玉米"的"坚挺"相抗衡了。只能望而兴叹，无缘重温昔日那甘甜的滋味了。

却也还有补救之法。我家乡是玉米的盛产地区，农村人，也包括城市里的贫民阶层，日常口粮中耶能光吃精米白面，主食便是玉米磨成的粉，即玉米面了。早晚两餐，多以一锅苞米面熬就的"糁儿粥"充饥，大人孩子，人手一碗，捧在手上呼啦啦地喝，寒冬腊月天，兼取暖与充饥于"一役"，喝得周身发热，两只眼闪闪发亮，真是极佳的享受。话虽如此，终年喝"糁儿粥"的人家，日子毕竟难挨，在旧社会，几乎成为赤贫人家的一条主要"标志性"特色。

我对喝"糁儿粥"情有独钟，不但不以为苦，甚且引以为乐。饥饿的岁月自不必说，即便今日丰衣足食，年逾古稀，还是不忘旧恋，常常是"一碗在手"，乐此不疲。名之为"玉米情结"，当为不虚。

玉米棒子长在地头，亭亭而立，亦自有一种男子汉的粗野风度。"棒子"的称谓，道出了几分。

玉米云云，便有点女生气息，玉蜀黍呢，未免书卷气了一些。莫言

笔下、张艺谋银幕之上，红高粱出尽了风头。其实，成片的亭亭而立的玉米，也有种令人神往的森严。当风吹过"玉米林"，便有籁籁的喧哗，叶子们相互摩擦，其声，"沙沙"然，似小声地絮语。那绿色的苞衣绿润润的，很是诱人，还长着红的、黄的、白的胡须。那"沙沙"之声，也或许是"胡子"们的胡言乱语之类。

有一个与玉米有关的"情节"却不怎么让人轻松。那是上世纪60年代初的往事了，大跃进、人民公社轰轰烈烈，高潮跌落，随之而来的便是一场席卷大地的饥饿的陷阱。家乡农家那稀薄得照见人影的"糁儿粥"也几乎难以保证了。有个贫穷的庄稼汉子，倒有个吉祥的名字："有"。人们都唤他"有儿"。但此人偏又姓莫，便成了"莫有"。"有儿"莫有，频具反讽意味。却说此兄本就骨瘦伶仃，逢此大饥年月，更加"苗条"得可观了。大约由于实在敌不过玉米地里的苞米"胡子"们沙沙私语的诱惑，他偷偷拿了一根"棒子"躲到无人处狼吞虎咽地啃下了肚。老兄尝到了甜头，居然上了瘾，终有一日被民兵扭住，案发了。经过审问，老实巴交的有儿坦白供认，先后偷吃公社玉米田里的黄、白玉米达十三根之多。唉唉，有儿呀有儿，你怎么偏犯在"13"上了，这可是个不吉利的数字。于是他被"抓了典型"，以盗窃和侵吞人民公社财物罪被判刑五年，送往新疆劳改去了。十三根玉米该有多少粒籽，值得算一算。或许，那服刑的日子比他吃掉的玉米籽粒还多些呢，若以一粒顶一天计，也称得上"粒粒皆辛苦"了。五年早已过去，该"犯"当早服刑期满返回家乡去了，有关情况，一无所知。每当看到热气腾腾的玉米棒子在孩子们手上啃得欢天喜地的时候，我便想起这个沉甸甸的"玉米情节"，以及它所象征的"饥饿"内涵，而对今日的孩子们的幸福，油然而生一种羡慕之情。

想起了私塾

小城很远。时间上，空间上，都那样遥不可及。

从记忆中召回吧。那古老而模糊的影子的一角。

我写过一章散文诗《凶宅之魇》，是以我祖居的一座老房子为原型的。它是一处深宅大院，屋的设计与造型都很一般，一点也不气派。蜿蜒如蛇的线形结构，一组三间或五间，隔一长条天井，又是一组。中间经一处"百草园"式的废园，形成转折，衔接着又一组住屋的延伸，便算"后院"了。据说，我便出生在这老宅中的一间小屋里。我曾去"参观"过，那中间的一间"堂屋"成为穿行的过道，根本无法使用；我出生的那屋全无采光，半间伸在天井中的，可透进一点光去。我两岁时便随父母迁移出去，因而，对于它便无任何记忆的影子可得了。至于称之为"凶宅"，则是投入了我的某种憎恶之情在内的。

"七十年前的旧居，七十年前的深宅大院，蛇一样吞噬岁月。早已酥松了的古屋，竟还苟延残喘，硬撑着一种赫然的威仪，以示庄重……"

我将这大院视为封建大家庭的一个形象的象征物，一个浓缩的阴影。这房子属于我祖父所有，他生有六子六女，活到九十高龄，俨然一位子孙满堂德高望重的族长。在他生活的时代，以他所受教育所具身份，当然奉行着儒门一应俱全的经商和治家规范。他是正人君子，从未听说过有什么劣迹恶行。我出生时他老人家早已归西，只见过一帧他在世时的"全家福"照片，真的是济济一堂，约五六十人之众。照片上有我的姐姐、哥哥，唯独没有我。祖父母去世，这个大家庭就开始解体了。然而那种令人窒息的统治氛围，繁文缛节的诸多礼仪，道貌岸然不苟言笑的家教规范，却依然在宅院的上空郁结不散，一如腐朽的霉气仍

在老屋中弥漫。我的父母虽迁了出去,封建式家庭的精神影响,实际上也跟着"迁了出去",留了下来。这便是我自幼便深深感受到的压抑,和对我的性格施予了强烈扭曲的精神创伤,使我蒙受终生。也许将这一切归之于这处古老的宅院是不公平的,但它毕竟是一个形象性的"显影",我称之为"凶宅",便是"恨乌及屋"的必然了。

我与此宅还有一段"斩不断"的"缘分"。在我五岁半的时候,又被送了进去上学。我的四伯父是这大家庭中唯一的一位读书人——秀才,其余的兄弟一律从商,只有他被培养为"学而优则仕"的儒生。不幸的是他屡试屡败,功名未遂,神经受到很大刺激,成了"书呆子"式的酸儒,命运比孔乙己略胜一筹。他在家中设了书馆,以教私塾为生。我在他那里念了半年还是一年,记不准了,念的不过是《三字经》《百家姓》一类,再便是描红写字了。我这位伯父个儿不高,微胖,四方脸型,续发繁茂,鼻子扁平,鼻孔很大,长出很长的浓黑而粗的鼻毛,宽嘴张开时露出一排黄牙,他常年戴一顶灰色毡帽,说起话来鼻音重,仿佛总有着一口痰似的含混不清,说话时突出的喉结上下滑动,起伏有序。这便构成了一种懒散、邋遢的印象,使人望而生厌。他的教学一点也引不起我的兴趣,枯燥、刻板、冷漠。我不喊他"先生""老师",而叫他"四大"(四大爷的简称。一如当今称"李局""王总")。他对我并无多少亲情的温暖或关照,"一视同仁",犯了错照样打板子。被唤过去,站直,"自觉"伸出小手,接受戒尺的责打,虽不算很疼,却自有一种精神受虐的屈辱感。五岁半的孩子,人虽小,却也有自尊。封建式的教育,自始至终,都贯串着对于人的独立人格的蔑视与摧残,视之为"当然"。

那间教室不算小,排着杂乱无序的课桌,室内光线暗淡,阴天也不点灯。二十几个孩子挤在其中,书声咿呀,老师不在时,一片叽叽喳喳的吵嚷打闹,麻雀儿似的。屋子后身便是那个"百草园",稀疏的几株老树,杂草丛生,常年荒芜,无人过问。孩子们从无机会到园子里去玩耍,那是犯禁的。因而,私塾里的童年,便这样了无生气地浮满了暗色。

却也有唯一的亮色点燃。不仅是童年私塾苦守中的唯一,也是这座阴暗沉闷的古宅留给我的唯一亮色。那是一个冬日的午后,窗外下起纷纷扬扬的大雪,无声。教室中竟也无声。我看着窗外,那一株腊梅花开了,第一次看到那么美的蜡一样富有质感的花瓣,像人的嘴唇在抖动。冬日长空,茫茫飞雪,一片片雪花落在花瓣上了。风将它抖落,新的雪花再扑过来,那孤独的花朵愈见其精神抖擞了。这便是我童稚的心灵为美的事物所吸引、所震惊、所感染的最初一击么?也许是。当时懵懂无知,于今想来,作为与诗美的最早邂逅,审美情怀最初的萌动,这雪中的腊梅便颇有一记的价值了。

> 日之末,日之暮,日之没,
> 落日已葬在沉沉暮色中了。
> 日之末,日之暮,日之没,
> 凶宅已葬在沉沉的暮色中了。

我在那章散文诗中这样结束了它的存在。事实上,这座百年老屋确也在故乡的旧城改造中化为废墟了。然而却又不尽然。陈旧的屋子好拆,陈旧腐朽思想文化的幽灵并非那样地容易消散。上海的"孟母堂"私塾中十二位七至十二岁儿童们在那里背诵着四书五经,全国此类新兴的读经热正方兴未艾。孩子们不过被牵着鼻子走,迷恋"孟母"的大人们却那样地振振有词。我于此时想起了儿时的私塾往事,想起了那一座幽灵似的古老建筑,心情变得十分沉重。今日何日,今世何世,为什么还要将天真的孩子们锁进束缚性灵的枷锁中去呢?

我喜欢的虫子

虫是卑微的存在。妄自尊大的人类是瞧不起区区小虫的。大人先生们提起瞧不上的文人,常以不屑的口吻称之为"雕虫小技",便是一例。鲁迅有篇杂文《夏三虫》,列出的三害为跳蚤、苍蝇和蚊子,都是人所不齿的家伙。诚然,先生的意图不过是借虫以讽刺人的,虫子当了一回"替罪羊"罢了。毕竟"恨物及乌",对虫界的三位,也并无好感的。

这便要涉及到区别对待了。将虫分为益虫、害虫两类,当然是以对人之"益"与"害"这一绝对功利的尺度为准的。其实,害虫原也不多,讨人喜欢的却是不少。小孩子尤常引为天然的好友。人的童年若不捉几只可爱的小虫玩玩,那真是白当了一次孩子了。

小时候,我并非那种爬墙上树、滚一身泥巴的顽童,却也有一段与虫为友的"小史",至今想来,犹觉得兴味不浅。

居首席的当推蝴蝶。蝴蝶太美了,是美的尤物。从自家的小院里所能见到的蝶极少,大多是很小的白色蛱蝶,极普通。真正漂亮的根本无缘得见。就是这一般的蝶,也足够我迷恋一番的了。初开的月季花瓣上偶然停那么一只,就使我惊喜不已,蹑手蹑脚,想去捉拿,它早闻声飞离了。其实它的美不仅在那多彩多变的条纹、斑点、色彩组合巧夺天工的图案,尤其是那轻盈飞翔的婀娜之姿。一旦失却了动,便也没有了美。真正的欣赏只能处于遥远地观望,看它栖息于花丛,看它漂泊在遥空,看它翻越过墙头,在那厚厚密密的爬墙虎深绿的叶丛间飞翔,何等好看。止于遥望而不据为己有,既不造成伤害又能静观飞翔的动感,这才是"好色而不淫"的上上之策,孩子当然是不理解的。

第二位的该是那萤了。小小萤火虫,一盏绿幽幽的小灯笼,从远远的空中降落下来,在夏夜乘凉的时节平添了多少神话的美丽。"轻罗小扇扑流萤",一旦将它握在手中,浪漫的情不顿然冷却,一明一灭地呼吸,其实是喘息吧,几分钟内便"偃旗息鼓",在小手中成为一摊"泥"了。关于萤有许多美丽的传说。天上仙女失掉了她的指环,便撒下一些灯笼来寻找。我更相信这些"灯笼"其实就是仙女的指环,当它落在草叶的尖上,说是灯火的照耀不如说是一枚戒指赠予了人间。若是一片草地上飞旋着几十支萤火,便是一场"天女散花"式的宫廷舞会了。男孩子将捉来的萤装在玻璃小瓶里,当作自己"御用"的灯,女孩子则唱道:

> 不要你的金,
> 不要你的银,
> 只要你的花花衣裳水绿裙。

唱着唱着,夜便渐渐地深了,仿佛天上人间,因这盏盏萤火的迷离,已经浑而为一了。

蝉的身份似更高一些。藏在高树的枝上,密密浓阴的深处,见不着,却听见它自晨至夕不停地鼓噪。是夏天的吹鼓手,永远的高八度。天越热,它的呼声越高,不将人的一身热汗鸣将出来,是不肯甘休的。我至今不理解蝉鸣与天热之间内在的联系何在。一个劲地"知了知了",颇有一点自鸣得意的意味,人蝉之间不能通话,究竟它知道了些什么,终究是个谜。但是有一蝉在树,于炎炎骄阳和幽幽绿荫之间搭一座音响之桥,毕竟为人们增添了几分消夏的情结。孩子们似乎并不在乎它的音乐家才能,却总千方百计想用竹竿将其擒获,系在一根线上放飞,才算满足了与之为友的情谊。请下树来的蝉倒是道貌岸然,深黑色宛若穿着僧服的"禅师",更披一件飘飘然纱翅似的"披巾",很有一点长者之尊的风度。但是经不住孩子们的几番折腾,此"公"就成了一具僵硬的哑尸,坠落树下的哑尸连孩子们也不感兴趣了,多半是由蚂蚁们赶来"抢抬",成为蚁群们一席丰盛的美宴,"一代歌星"的命运,其

实也很惨。

蝶是一种舞,萤是一盏灯,蝉是一首歌,而蟋蟀,便是一场儿戏的战争和战争的儿戏了。欧阳修从蟋蟀的哀歌中听出了悲秋的眼泪,孩子们则不同,没有那么多伤感,只想从一场挑起的武斗中寻取旁观的乐趣。蟋蟀和孩子们的交游,是从蟋蟀逗孩子开始,以孩子逗蟋蟀告终。夏秋之交,蟋蟀们在墙角、草丛、洞穴,在石块与瓦砾的缝隙中振翅而歌,其实不是歌,是拨响丝弦的弹奏。孩子们寻声去抓,声音戛然而止,不一会儿,又在别处出现。"声音在别处",此起彼伏的逗孩子玩呢,捉迷藏似的。因而,抓蟋蟀需有一点耐心,越是捕捉过程曲折艰难,终于擒获的快乐才会倍增,这中间颇有一点哲理的内涵在。即使辛苦寻找一下午,汗流满身而遍体泥污仍一无所获,也是一次舒心的游戏。功夫不负有心人,终于"逮着了"的结果足以补偿一次次失败的精神损失。逮来的目的在于"斗",放在瓦罐中,放一点土,还有食物供养,目的在于"斗"时的胜利喜悦。蟋蟀的档次高低大有讲究。有将军级、元帅级等等,名目繁多,我记得有一种叫"棺材头"的,头呈方形,突出,斗咬起来相当厉害。识别战斗力高低的标志之一,是看谁为它"看门"。有青蛙看门的,蜈蚣看门的,都平常,蚂蚁看门的更差劲,而以蛇看门者最为"值钱"。要逮着这样的"勇士",是要冒一点被蛇暗伤的危险的。争斗开始,参战双方将各自的蟋蟀摆列相对,以狗尾草去拨弄它的尾部,几番挑逗,蟋蟀兴起,便扑向对方撕咬起来。胜者一方的孩子兴高采烈,败者一方的孩子垂头丧气,而蟋蟀们或断了一条腿,或伤着一张翅,当场殉难成了"烈士"的也有。孩子们倒不在乎,翻砖弄瓦,另觅一员"新兵"上阵,又是一条"好汉"来也。这儿戏玩得多了,心肠自然就锻炼的硬了起来,狠了起来,也算是得益匪浅了吧。

钟声漂泊

一

钟声响起,一阵音乐的雨。它似很简单,没有复杂的曲谱、起伏跌宕的旋律、不需要指挥与伴奏,仅仅是自身的重复,然而却巨大、宏远、浑厚,膨胀于寥廓空间,一点点扩散,波及;声音低沉而悠缓,由近而远,渐渐消失;然后又一声响起,再一次震荡,直至深入你的灵魂,使之长久战栗,并在其中迷失。

童年时代,每到深夜,当我朦胧欲睡,或是已然入睡,钟声响起来了。声音的幽灵,我想象如一体躯弯曲的老人,或河岸上的纤夫,佝偻地背负着声音的纤绳缓缓而行,低音回旋,如阴湿雾幔在张开,合拢。

那时我还是个孩子,读不懂钟声。妈妈说,钟声是为死者而敲,钟声在深夜为他们送行。

“钟声能挽救他们吗?”

妈妈失血的脸上掠过一丝阴影,她摇摇头,不语。

这时候,便传来了又一声钟声,算是对我的回答。

二

认真地思考钟声,是在它从我耳边消失了多年之后。

为什么钟声多来自寺院,从深山幽谷,从涂满苔痕的悬崖边上,或是风铃摇响的塔尖上传出? 钟声是人对神的向往,人对天国的呼唤吧? 但是,天国何在? 神又在哪里呢? 钟声下坠,低低回旋,四处漂泊,摸不到天国之门。一个不可企及的乌托邦的幻想,钟声不过是虚无缥缈的一声哀吟罢了。

月落乌啼霜满天,江枫渔火对愁眠。

姑苏城外寒山寺,夜半钟声到客船。

张继的这首《枫桥夜泊》,算是钟声之咏的一个代表。漂泊无依的空茫感,成为钟声的一种文化诠释,并广为流传了。

夜静更深,万籁俱寂时,人从纷纭扰攘的尘世脱身归来,回到孤身独处的一隅,这时候,钟声悠然而至,便会唤起许多幽思。宇宙空阔,个人渺小,生活无根无须,弱者飘飘无依,以至生命短促,命运无常,情感悲酸,便会涌上心来。而钟声便似神秘幽灵在天边无涯的黑暗中孤独地漂泊、徘徊了。

于是,钟声便成为一个形而上的影子,在诱惑着人们,使他们依恋又使他们迷惘。钟声便成为一个漂泊流浪者的音乐化身,在人间天上游荡浮腾,不肯消失。

三

钟声不可见,敲钟人却是活生生的"在者":战栗着,枯枝似的战栗着他的手,高擎起敲钟的棒,攒足全身之力,扑向大钟,撞出一声嗡嗡的低音回旋。他等候,拉开距离,缩回身,再一次撞出更沉重的一声。

敲钟人穿一件僧侣的黑衣衫,已是百孔千疮,布满蛛网似的空洞。人说他从小就进了庙,是从很远的地方流落来的。我看见过那一双眼睛:空茫、飘忽、幽深,如同他身边的黑夜,如同悬崖下的深渊,如同暗蓝色的古井之波。他口齿木木,什么也不说,只是倾全身之力,扑向大钟,撞出殷殷的低音之雷,滚动在子夜的深部。终其一生,他就做着这样一件事情,别无所为。

钟声向人们告诉了什么,他不知道;终生为谁而敲,为何而敲,他从没有想过。"当一天和尚撞一天钟",这句话浓缩了他的全部命运,或许,也是很多人共同的命运吧。

那双眼空空洞洞,那双手枯枝般颤动,那钟声像投向深井的石块,溅起的回声也空空洞洞……

但是,我仿佛从钟声里听懂了点什么。一个人的命运,一些人的命运,弱者的求告,以及奔突于悲怆之中的希冀,茫然中的求索,无所归依的彷徨,不得其门而出和不得其门而入的惶惑,均在其中匍匐。

于是,我看见:一双双黑蝴蝶,在钟声里颠扑、翱翔、痛苦地翻滚,然后消失……

每个人的落日

一

小小的恋日者,有一枚童年的落日。当他从乌衣巷——那一溜披着灰黑色乌衣的山脊缺口处坠落,所有的山石都被涂上了指甲油似的殷红,穿山甲的鳞片似的神奇。小小的恋日者,骑到山脊上去吧,爬到高树繁枝的尖顶上去吧。追吧追吧孩子,骑到落日的肩上去吧。

母亲在呼唤,叫魂似的悠悠,唤成了绵延不绝的炊烟的袅袅,绾成缠绵的结了,将你牢牢地缚住。

"回家吧孩子!回家吧孩子!"

哪一个小小的恋日者,不曾被拴过?

二

"跟着落日去流浪,"只能是诗人的梦想。月是故乡明,而落日,只能在异乡人的目光中,潜藏那么多让心灵悸动的恍惚。

异乡人从一个小站下车,步入竹篱外的黄昏。秋大衣上凉风飕飕,脚步在田塍边踯躅。他将往何处去呢?

列车从苍茫大原野的地平线上滑下去了,恰迎着那一轮辉煌的落日。

列车会从落日中穿过去吗?

竹篱边的小姑娘,摘下一束白玫瑰花,送给了他。

落日染红了白色花瓣,似一片无声的祝福。

三

"落日是每一个人的落日",我喜欢阳飚这一句意味深长的话语。我没有西部诗人的幸福,看不到腾格里沙漠边缘上"一万匹丝绸的云朵缠绕落日"的壮观,然而却也因之分享到那生命火焰的炙热和粗砺,一如亲历。

让铜锣敲响,让唢呐悲鸣,让鼓声激越,让大雨倾盆,让树叶簌簌。

不,大地是静穆无声的。落日抚触着大千世界,惠及万物。"落日是每一个人的落日。"即便是盲者,也从他的竹竿敲击的硬石板上,叩问那夕阳的踪迹。

四

我的期冀却在末日。我喃喃:"上帝,请伸出你的温热的手。"这时候,已闻到了青草的气息,竹叶子吐送着一阵阵清香。泥土,泥土是大地永生不绝的摇篮。篱笆上蓝色的牵牛花因阳光的撤出而萎缩。鹰翅降落了长空,蝙蝠的垂挂如阔叶树上的叶瓣。蚂蚁们结队回家,回到石板下泥土的洞穴中去了。

升起的必落下,这是生命铁定的规律。庄子说:"生之来不能却,其去不能止。"

落日是裸露的。落日光照耀千秋,一无遮拦。

落日的最后一线光辉从我的额间掠过,然后在唇边停住,展开了一朵隐秘的笑波。

注:乌衣巷,不是南京秦淮河边的那条巷子,是崂山所属的一个山村。

我的梦:印象与解说

梦是一个谜

人总是要做梦的。一个人活在世上几十年,大约有三分之一的时间是睡着的。睡了便可能入梦,成为梦境的俘虏。

人是梦的主人吗? 也是,也不是。说是,因为梦毕竟是个人化,以至个性化的。你的梦和我的梦各不相同,不可能服从于统一的规格,像思想改造年代那样地打上统一的烙印。但梦又不完全听命于人清醒时的主观意志,身不由己,梦是无法导演,不听指挥的,梦是自由主义者。好心人在睡觉前祝福道:"愿你今晚做一个好梦",但却常常不灵。因而,人未必就是自己梦的主人,且常常是它的俘虏,无法逃脱的俘虏,精神的俘虏。

诚然,梦是一种生理现象,却更是一种心理现象。因为它的运行、活动、流转,主要受心理状态的制约和支配。人生活在社会上,醒着的全部思想行为,处处被社会牵引和约束,个人的自由度是极有限的。在自然人和社会人之间,有许多矛盾冲突,区区个人,渺小个人,社会上的小小老百姓,弱者之流,其烦恼与苦闷,不一而足。这些,醒着时得不到宣泄,有些便曲折地隐藏,掩映在潜意识中,从梦里似有若无地露出一鳞半爪。人性,亦能从梦里依稀地浮现出零散碎片。我因而便说,梦是人性的自留地,梦是人灵魂偷渡的隐秘渡口,梦是人的心灵世界神秘活动时不自觉留下的一盘录音,暗夜里,闭上眼,神不知鬼不觉地在脑中模模糊糊地隐现神秘的刻痕,有如唱片上刻痕的回转。

是这样的么? 只不过是我的一种印象和感觉而已。活了几十年,在梦之园中的旅痕若是复印出来,怕也大有可观了。然而没有,梦是稍纵即逝的。科学技术如此发达,却无法让梦在行进时留下一点点可资回

忆的影迹，没有。梦太诡秘，这真是人类文明的一大损失。

俱往点，一切的梦。我是一个梦的过来人，或许，还是一个梦的恋者。但苦于才疏学拙，对于梦竟不能说出稍有意味的见解。梦太深奥、太复杂、太神秘了，梦是一个谜。

幸好，在我以前留下的诗文里，毕竟留下了旧梦的点点残迹，何不顺此蛛丝马迹，将我自己"做梦的感受"稍加梳理，略说一二呢？

永远的黄昏感

梦是暗色调的，阴冷昏灰，永远的黄昏感。梦是属于黑夜的，即使午睡，做白日梦，由于闭上眼，进入梦境，也便走进黄昏去了。这种感觉是它的基调，至少，对我如此。仿佛梦里从没有辉煌的白昼，耀眼的阳光。东方文化的阴阳对立说中，梦归属于负阴背阳的"阴间"，应是无疑的了。

再便是恍惚，朦胧的烟雾式迷离，仿佛也是几乎所有梦境的特征，如同身在摇篮，在行进着的船上，在颠簸的马背。

> 睡眠是一次小小的死。而梦，是灵魂
> 的偷渡和逃亡。
> 摇晃，摇晃，身不由己，
> 摇晃，摇晃，梦是我们乘坐的一艘船。
> （会把我们摇向何处去呢？）

这是我在《摇晃、摇晃，梦的船》里描绘的一种感觉。

> 摇晃，摇晃，冬天还没有走远，
> 阴沉沉的黑燕子，飞着，飞着，黑的雪。
> 全世界都在下着黑的雪，道路严寒。

　　灵魂偷渡，我和我的马，能走得脱吗？

　　在另一章散文诗里，我写的是骑在马上的感觉，无论在水在这陆，摇晃感一样。让人不无遗憾的是，不论是喜是悲，所有的梦都是短暂的。当它逗引了你，迷醉了你，让你感同身受地沉浸在悲或喜的感情中时，梦忽然醒了。"我被卸在醒着的岸上"，这时候，便有一种怅然若失之感，难以释除，这便是梦带给人的一种烦恼了，尤其是那种"要相见除非是梦里团圆"的"好梦"。人们每将对于逝去或远离的爱者、亲人、好友的见面，寄托于梦。这原是极可怜的"安慰"，但梦并不由人自主，不能"招之即来"，却必"挥之即去"。我曾在梦中和一久别的挚友相逢，刚沉浸于喜悦和幸福感中，梦便"断"了，醒来的失落感却久留不去。我以四句诗记下了这种感觉：

　　　　梦里悲欢难再得，
　　　　柔情似水各西东。
　　　　溶溶一月归山去，
　　　　更向何处觅飞踪？

灵魂的偷渡

　　在科技化、商品化社会，在社会共性吞噬着人的个性，千篇一律日益成为明显时代特征的今天，梦便是一个难能可贵的"桃花源"了。可惜的是，它的自由度其实也很有限。梦中人在情欲的撩拨、精神的渴望中苦苦寻找一盏灯，却总走不出自身思维形成的重重烟雾。想得的难以获得，怕什么偏遇什么。我做得最多的梦是考试，是失业，是迷路，是找不到家，是深陷泥潭、迷宫，是地狱般的恐怖，是找不到爱者与亲人的失落。所有这一切，并不是完整、清晰、纪实性的生活翻版，不，不是。梦的结构与图像的展开，不取新闻报道的形式，报告文学的形式，而是打

碎后重组,而是点滴的闪现,而是意识的流动,而是似真犹幻的变形,而是曲曲折折地反映。梦与现实的关系,正是如此创造性地浓缩,奇妙地连接着的。

一只"黑盒子",一只现代人用以"孤芳自赏"或"聊以自慰"的"黑盒子",在一切都"公共化"了的现代社会里唯一保留着的"孤独藏身所"的"黑盒子"。

说一个我自己的梦吧。

有人让我突击抄写一份公文,长长的密密麻麻的字,要得好急。谁让抄的? 当然是上级。一种紧迫感,匆忙感,惊惧感。窗子外面又下着雨,雨打湿了窗纸,打湿了我还抄写着的稿纸,模糊了墨迹。而又没有一盏灯:午饭前必须赶出来,送过去。

出门,屋外是一片废墟。天光出奇地苍白,如一些惊慌失措的眼睛。坍塌的墙垣、瓦砾与栅栏,废了的门,东倒西歪像是一场轰炸一场战争一场担惊害怕的灾难降临。

偏远处可以望见一座退了色的朱门,剥落了,好像一座古庙之门。

我走过去,踩着满地泥泞,拔不动腿。

我俯身捡拾泥水中被风飘走的字纸碎片,那便是我赶抄了一上午的"公文"……

(对于一个小人物,对于一个卑贱的灵魂,命运便这样来开你的玩笑。)

你能够将那泥泞中的几千个字的碎片拼起来吗?

当然,梦中出现的情节是虚构的,不是生活的实录,但它反映的心理真实,完全是我具备的。只有曾经当过小职员角色的人才会有这种畏缩、卑贱的诚惶诚恐式"小媳妇"心态。

另一个梦更短小,情节更"离谱",距真实性更远了,但所反映的小人物心态,也同样真实而传神。

我手中拎着一只篮子,里面盛满了水,干净的银子样闪亮的水,在滚动。忽然间,一条鱼从水中跳了出来,跳出篮子便化为一支剑,佩在将军的腰间了。

雄姿英发的将军在校场检阅。他忽然向我走了过来,笑容可掬。

我紧张极了。一种机遇感,一种荣耀感,油然而生。我想伸出手迎接他恩赐的一握,但是手不得空,我手里拎着一篮子水呀,怎么办呢?我竟愚蠢得忘了扔掉它而把手伸出去。

心慌意乱,检阅式早已结束,将军和他的剑,握手的机遇,统统烟消云散了。

篮子里的水漏失一空,这是个隐喻吧?机遇错失,小人物的心态暴露无遗了。灵魂深处的猥琐和卑贱,一种精神创伤的反映。

现实与现实的超越

重温旧梦,感慨万千。虽然我自己的梦,却不是我的"作品"。不知道梦到底是如何组织,结构成型,而又自然而然地以意识流的形式自动化"放映",一如打开电视机观看电视剧那般地"习以为常"。对于这些梦的"问世",我深感神秘,它们的"创作"比许多平庸和低俗的文学艺术作品远为高明,值得我认真地体味,琢磨,研究,学习。

我想得最多的是梦与现实的关系。它的来源缘于现实,即使是情节怪诞的梦,也能追寻出其隐秘的现实根源,这是无须——求证的。值得借鉴的,乃是它源于现实而又超越现实的宝贵经验,至少,从我所体认的最精彩的梦境里,我觉得其超现实主义艺术手法的运用,是很成熟和高明的。

对我来说,梦是小说,是意识流,是荒诞派,是黑色幽默,是朦胧诗,是随意性,是电视剧,唯独不是千篇一律套话连篇的"报道",也不是导向"正确"、概念化教条的复制品。就艺术手法来说,意象、隐喻、象征,错位、变形、夸张,朦胧、恍惚、动荡、模糊,意识流和细节真实的跨时空

组合、拼贴,情节的变幻莫测离奇荒诞甚至魔幻恐怖,几乎都有成功的运作,却总保留着一种复杂的心理真实,准确或曲折地反映了人世间本质的真实。不妨以一个梦境的构成加以说明。

从一间屋走进另一间屋,电视机开着,音乐似一些小虫满地爬行。

我在扫地,却看不清他们银色的滚动。

我在扫地……

忽然间电视机不亮了,主人们鱼贯而入,多如过江之鲫。

我走出去,我的任务已告完成。

梦中的这一情节是跨时空的"自动组合"。当然,它不是现实生活的直接摹写。但确有现实的影子。我在少年时当过学徒和小店员,"扫地"的营生以及见"主人们鱼贯而入"便慌忙"闪出去"的那种经历与心态,便来自于几十年前的"现实"。但那时是没有电视机的,梦中的这一情节,便是"超现实"的虚构了。

然而梦还未完。"我走出去"之后,出现了更大的"跨越",镜头移向了"野外":我把我自己扫出了梦境,走到一条长河的尽头,两岸高树,不长叶子,枝丫上聚满了银白色羽毛的鸡,眼睛像一粒纽扣,冷冷地蓝着。

它们一齐以阴森的目光向我逼视:

"你是谁?"

这个情节的出现完全是梦的创造者的"神来之笔",凛冽清冷的黎明河边,尤其是那"白色羽毛的鸡,眼睛像一粒纽扣,冷冷地蓝着",实在美,美得令人心悸。我见过这种蓝眼睛的鸡么?见过,也许在生活中,也许便是在那梦里。

我格外欣赏此梦的原因,恰恰在于它的自然组合,在于意想不到的色调转换,在于清冽的黎明与蓝眼睛的鸡所体现的那种孤独感的冷峻和美。它也许隐喻着什么,也许不过是一种美的闪现,便已足够。

有一只虫子在唱歌

"有一只虫子在唱歌！"我说。

这有什么值得大惊小怪的呢？原也是。对我来说，却自不同。多少年在大城市居住，高楼林立，到处是硬邦邦的水泥地面，原就是叶圣陶先生所说的"没有秋虫的地方。"他当年住在大上海的公寓中，听不到虫声唧唧，感到寂寞，"呵，不容留秋虫的地方，秋虫所不屑居留的地方；"叶先生素来温和敦厚，这文中却流露出愤然的情绪。秋虫不像人类，纷纷投向现代化的都市，它们深知"农村是一个广阔天地"的道理，所以并不走关系，找门子，急于办"农转非"，到喧嚣吵嚷的市声中寻一角栖居之所，因而，久居城市的人便罕能听到秋虫们的演奏了。这是大环境，再便是小心境了。由于凡心不脱，俗事缠身，许多年来，竟麻木得"不思蜀"了。说来惭愧，虽是梧桐叶落秋已深，竟不怎么想起秋虫们的美妙歌唱来，真的是心如死水了。

今秋的情况略有转机，一是人老了，心地开始空阔起来，二是面对电视机中没完没了的武侠跌打、皇帝万岁的喧声，实在有点烦了，便独坐窗前，静心默想着守住一角秋夜。正是在这时，忽听到大楼的高墙某处，传来了秋声。于是我脱口而呼地嚷道："有一只虫子在唱歌！"兴奋之情，溢于言表，然后沉下心来，静静地倾听。那声音十分轻柔，似有一点怯意，不是那样理直气壮地引吭高歌，叫几声，便停了下来，怕惊动了人，或是怕人惊动了它。稍歇，复又响起，如琴弦悄然弹拨了两下。想辨清方位，总拿不准。忽在这，忽在那，是虫子在移动，还是不止一只，有那么几只虫在相互呼应，做着捉迷藏的游戏呢？

我住在一座高楼，最高二十四层。秋虫能坐电梯上来么？它怎么会按电钮呢？那便是在某一角墙的缝隙中吧？再不，竟是从街心花园的草

坪中传过来的"音响"？这地方原是一片庄稼地，我终于感恩地想到，这歌声乃是昔日田园的一笔音乐遗产！

"秋虫"是一个笼统的称呼，且不说那些沉默的不会唱歌的"哑者"，能说会唱的又何止千百种。我的昆虫学知识缺乏，能说上名字来的不过十种左右，知名度最高的当数蟋蟀。小时候在家中养的是"蛐蛐儿"，那是它的土名字，或是乳名吧？孩子们喜欢它，不是由于音乐家的身份，不过是一名可以遣赴疆场、一争胜负的"战士"而已。当年我也热心过一阵的。小城中有一圈古城墙，外侧砌砖，内壁是黄土，杂草丛生，便是蛐蛐们聚居的乐园了。爬墙走壁，翻砖弄土，蹲在那里细听什么地方有一声呼叫，立即奔了过去，但声音又隐去了。捉迷藏的游戏便这样展开，乐趣或也在此。我曾经抓获过一只，养在瓦罐里，精心调养，期在一战。不想这家伙生性怯弱，上得阵去，总是畏畏缩缩，不肯上前，未经一个回合，就转身折回了。这是一个和平主义者吧，它的歌倒也动听。不料在一个夜间忽然失踪了。逃往何处去了呢？一直是音讯全无。

而现在，"有一只虫子在唱歌"，难道是这只阔别多年的"故虫"，千里迢迢地找来了么？"唧唧——瞿瞿——唧唧"，侧耳细听，声音竟然有点儿神似。只可惜无法一见，怕早是"乡音未改鬓毛斑"了吧？一曲弹罢，我便有了一缕怀旧的乡愁缭绕。

大千世界，有一只秋虫在独唱，便不寂寞。有许多只虫子在合唱呢，便构成轰轰烈烈的狂欢节了。那一年在崂山仰口参加会议，傍晚和一个朋友在山脚下的小树林边小坐，当海雾湿漉漉地飘了过来，草地上、树林间的虫声也陆续地响起。

"一只虫子在说话！"我的朋友说。

"它说什么呢？"我问。

"我猜不出"。朋友年轻，站起身便向虫声所在地方走去，我跟着他，蹑手蹑脚地。

待走到近前，虫声便戛然而止。虫很敏感，听觉特灵。当我们折回，声音又开始了。

"在逗我们呢。"这时候,树林里此起彼伏,一场无主题、无指挥,没有主旋律的混声大合唱早已自然形成了。

虫声是欢乐的么?至少,小树林里的大合唱,给了我轻快、跳跃的感觉,无组织无纪律的自由结合,声音嘈杂,以至于放荡,让人想到农贸市场上的人声鼎沸,而不是姜白石咏蟋蟀的"哀音似诉",也不是欧阳修《秋声赋》里的"淅沥萧飒"和"波涛夜惊",充满悲凉萧条的意境。小小虫子有什么悲秋的情怀呢?不过是古代诗人们借虫抒怀罢了。今日的秋虫,现代化时代的秋虫就更"与时俱进",变得相当地泼辣、粗犷,懂得及时行乐了。他们的游戏,他们的狂欢,或也是某种时代色彩的折射吧?只是,欧阳修已无缘一听,不能为我们重铸一篇新的"秋声赋"了,可惜。

所有的麻雀都是一只麻雀

一

我每天下午四点左右,要到小区冬青为篱的草坪、花圃周边散步。这时,常有一群麻雀,从低空飞来,呼啦啦一片,刷地一下投向草地,然后分散开,叽叽喳喳地吵嚷、追逐、游戏,不知何时,又刷地一下飞走了。

麻雀,是些永远长不大的孩子,鸟中的"吉卜赛",四处漂移。娇小、灵敏、快捷,集体性行动,却无组织,无纪律;自由飞翔,而无耐力。鹰是鸟中之王,以傲视一切、引领一切的王者之姿,巡游遥空,它是高贵的。夜莺、百灵、画眉们自然也属贵族之列,就连燕子,也是从"昔日王谢堂前"飞到"寻常百姓家"来,惟有麻雀,本就生在民间,随处可见,是最大众化、平民化的,禽鸟中的小小老百姓。

然而我却无力分辨出这一只雀和那一只雀的区别。所有的麻雀都

是一只麻雀。颜色、体态、飞翔的姿势,叽叽喳喳的叫声,以及那圆锥形的喙和灵活转动的头颅……

于是我想起一位哲人的话来:"世界上没有完全相同的两片叶子。"这是哲学,更是科学。譬如人,即便是孪生兄弟,仔细端详,也能加以区别。而麻雀呢,为什么在我眼里,所有的麻雀都是一模一样的呢?

当然,这不过是一种错觉。

二

所有的麻雀都是一只麻雀。被这一想法所迷,我开始从记忆中追索它们的踪影。

小的时候,是以麻雀为友的。每天,都有三五成群的雀儿从墙外的小树林里飞来,在墙边的南天竹枝丛中小憩。南天竹红红的小果,像兔儿眼似地闪亮,雀儿从不去剥啄。它们在庭院的土地和砖缝间寻找小虫,甚至到廊檐下啄食散落的谷粒,不怕人,却十分机灵,只要你一抬脚,它便立即飞走。只有一回,一只雀儿不知怎么昏头昏脑地闯进开着的窗户,进到屋里来了。我忙关上窗,把它逮住,关进一只小盒。只听见它在里边焦急地冲闯,拍煽,急不可耐。母亲说:"麻雀这小东西气性大,脾气躁,在笼子里是养不活的"。我半信半疑,只得把它放了。什么脾气躁呢,无非是爱自由吧,哪怕金丝鸟笼,也关不住它那野性的。

长大后和麻雀的接触便少了,没想到20世纪50年代末,兴起了一场围剿麻雀的群众运动,男女老少齐动员,麻雀从朋友忽然变成了敌人。我自然也披挂上阵,一大早就出发了。我去的"前线"是八大关风景区,那里树深叶密,正是雀儿们的出入之地,那一次行动委实壮观,万人空巷,锣鼓喧天,鞭炮之声不绝于耳。当从四面八方被轰起的麻雀"过境"时,鼓噪,吆喝,人们挥动竹竿上绑着的红布条,拼命地狂摇,如此强大的震撼声势,吓得奔逃的雀如丧家之犬,由于不停地飞奔,早已筋疲力尽,纷纷垂翅而落,呜呼哀哉了。人们看着那落叶般坠地的雀尸遍野,只有"战果辉煌"的喜悦,哪还顾得上这只麻雀和那只麻雀的区别呢?我还听说,有些地方的农村,将"除四害"的任务分解到户,小学生也不例外,每周需上缴的苍蝇"全尸",老鼠只要"尾巴",麻雀呢,是以"干爪"为"战利品"的。层层上报之后,当然就只有一堆数字统计在册了。麻雀无姓名、籍贯、出生年月,有谁去关注这一只麻雀和那一只麻雀的"长相"有什么不同,栗褐色的羽毛上斑点花纹的多少呢,因而,所有的麻雀都是一只麻雀的印象,便是天经地义地形成了。

<h2 style="text-align:center">三</h2>

但是麻雀毕竟是有祸之鸟。原来那场厄运不过是因"误会"而生,科学家的误判促使了决策者的误"令",不过,随后"平反"了。漏网之雀们姗姗而来,一点也没有灰溜溜的样子。麻雀虽小,繁殖却快,曾几何时,又自由飞翔在田野、山川、林、草地的上空,成为最常见的、欢欢喜喜、蹦蹦跳跳的鸟类大家族了。

依然雀跃,依然絮聒,似然奋飞。依然像无事似的,三三两两,成群结队,来往穿梭于城市高楼间的空地,纷披的柳丝,和喷泉溅洒的广场边上。麻雀没有档案和历史,自然也没有记忆与遗忘。麻雀是幸运的鸟。

早春,初醒的黎明,我在观察麻雀,一条长长的电线上面,伫立着几只麻雀。静静地沐浴着阳光,翅尾微微弹动,似无声的音符;而在一棵大树的虬枝上,两只初生的乳雀以喙互相轻啄着对方的茸毛,何其亲昵,又何其悠闲。这时,我又想起"所有的麻雀都是一只麻雀"这句话来了。你细端详眼前这两只小雀,毛茸茸的,背上花纹历历在目,怎么也看不出有什么差别。我想,它们相互之间准能看得清的,唯相爱者的目光关注着对方的个性特征。爱人嘴边有一粒小痣,发间的一根银丝,也不会被忽略的。对于毫不相干的路人,就不那么在意了。至于麻雀、老鼠、蚂蚁们的个性特征,更不会有谁去研究分析的了。我居然傻乎乎地在钻这样的牛角尖,岂不是会传为笑谈的么?

其实，也不尽然。当克隆技术正渐趋普及地惠及牛、羊、兔、犬，有志者早迫不及待地摩拳擦掌，想要"培养"出千人一面的"克隆人"来，当科技化商品化的热浪终将使"共性"的一律取代"个性"的千姿百态这个前景在望的时候，执著于个性化的追踪和求索，或也是题中应有之意吧。

白色花，蓝色花

我不是一个多么喜欢花草的人，这好像与所谓的"文人"身份不太相称。其实，我幼小时的家庭环境，本该培养出这种兴趣来的。我父亲是个浸淫于其间的人物，他较早退休闲居，主要精力便投注于种养花木之上，尤其对摆弄盆景，情有独钟。家乡的盆景艺术颇负盛名，听说父亲晚年还曾被公园请去当过"义务顾问"，可见他长于此道。奇怪的是，我生活在这样环境中，对那些月季杜鹃之类却视若无睹，兴趣索然。想来是性格使然吧。直到晚年，居住条件改善，也有了闲暇，有朋友送我一盆杜鹃，或是仙客来、君子兰什么的，却不会摆弄，不几天便枯萎而亡了，真是既愧对名花，又负疚于朋友。

真的对于花美毫无所动吗？却也未必。每年中秋，循家乡习俗，家中总要摆下一张长桌，供上月饼水果，还要在瓶中插几束鲜花。记得有一种叫"龙爪花"的，婉曲着伸出几根"手指"，形似"龙的爪"，色彩则介于红黄之间，这种特异的花型和颜色，使我喜欢到"惊艳"程度，美极。可惜自离开家乡，再也不曾见到过此物。

这次"惊艳"若是算作对花的"初恋"，其后的赏花，也颇有些偏好。我十分讨厌花香，总觉不"受用"，甚至避之唯恐不速，唯一例外，是桂子的飘香，我称之为"甜香"，只要哪里桂花开了，常会走过去，享受那随风飘来的香味久久不肯离去。桂花元宵、桂花年糕之类，来者不拒，也是由于这种甜香的诱惑。

芍药牡丹之类"富贵花",我一点也不羡慕,觉太俗。杜鹃、月季、君子兰,甚至那奇货可居的"昙花一现"都不怎么让我心仪,仿佛原本"在野"的本色美,一经沾上了富贵人家的装点,便人工化了。"家花不如野花香",我欣赏的花,多是泼辣生长在田边野地,自生自长的野草闲花之属。比如蒲公英,比如雏菊,比如石竹花等等,每到秋日,常常流连于街心花园,或林边墙角之间,去采撷那么一朵两朵。

"红花还靠绿叶扶",我不欣赏大红大紫的浓艳,那种富贵气的色彩炫耀,让我感到不安。我喜欢的是白色花、蓝色花。

> 白是原始,无色之美。
> 守着寒冷,与孤独。
> 拒绝于一切的染。

我更喜欢的,是白玉兰。它是对于春的最敏感的先知。严寒未尽,便从光秃秃的枝头绽放了花蕾:

> 白玉兰,亭亭的修女,高处不胜寒。
> 似默默细雨,似一种呼吸,羽毛骚动情绪,如在梦里。

当白玉兰的花朵含苞未放,恰如小小的马蹄悬于空,是孤独的。并无一片绿叶相扶。我以为这才是美的极致。花谢后才有一片片绿叶萌放的程序,有力地批驳了"好花需有绿叶扶"一说的片面与专断。

蓝色花比白色花更罕见些,也更"渺小"而卑微。我见过的一种,每至夏末秋初便出现。在山谷,在草丛,在路边或墙角,人迹罕至的地方,小小蓝色花怯怯地睁开眼睛。它的叶子像竹叶,很小,花就更小了,两片花瓣似蝴蝶张开翅膀。一撮黄色的花蕊点缀其间宛若流星。由于它的娇小和怯弱,由于它常累在断壁危崖,阳光照射不到的阴暗角落瑟

缩生存,我总感到那茫茫的嘴唇"想说什么",而终没敢说出,如同人间孤苦贫寒的平民的缩影。我写道:"光被磨损了,多少年封闭,凝铸出如此潮湿的蓝"。

蓝色花,小小的幽灵似的花朵,是所有爱花者不屑一顾的存在,我却爱之甚深,一再为它吟词撰文,仅此一条,已可证明我的见识之短浅,无缘置身于名贵花坛,难登大雅之堂的粗陋面目了,奈何!

红果诗情

红果,我这里涉及的,有三种:山楂、草莓、枸杞。

我幼时居住的小城中,每至秋冬,街上便有卖糖球的出现。那糖球,便是以山楂滚上一圈糖衣制成,一串串插在稻草秸的垛子上面,亮晶晶地耀眼,对孩子有着十分的吸引力。诗人梁真在一首诗里有过描写:

> 阳光珍藏在冰糖葫芦中
> 一串串,斜插于路旁不曾熄灭

小时候我对山楂和冰糖葫芦,并不十分热衷,倒是上了年纪之后,听说此物可降血脂,就常忍酸而食,仿佛它真是一剂治病的良方似的。而且,竟渐从那酸里品出一点鲜美的滋味来了。

那年去青州,在一村庄见到许多山楂树,时在初夏,尚未挂果。热心的乡亲告诉我:"你秋天来吧,凉风一吹,满山满坡都是红的,好看着呢。"可惜我秋天却未能去,不曾一睹明媚风光。却从海子的诗篇《山楂树》里,获得了一种诗情的满足:

> 我走过黄昏

> 像风吹向远处的平原
> 我将在暮色中拖住一棵孤独的树干
> 山楂树，一闪而过，呵，山楂……

　　草莓，就更富诗意了。许多人将它称为爱情的信物或隐喻，视为绿色原野间的明媚目光。一次，我在乡野山坡间漫步，无意中从丛生的杂草间发现了一枚亮晶晶的红果，便摘了下来。有人说，它叫"蛇果"，是蛇爬行后留下的涎水凝化的。这说去有一点"玄"，不可轻信，其实，那就是野草莓。

　　欧阳江河有一首《草莓》，有这样的句子：

> 如果草莓在燃烧，她将是白雪的妹妹，
> 她触到了嘴唇但另有所爱
> 没有人告诉我草莓被给予前是否
> 荡然无存……

　　我却想，一对乡村情侣坐在山坡上，女孩子从草丛中摘下一枚野草莓，放到情人的嘴边，看那红艳的汁液染亮了爱者之唇，她能忍得住不去吮吸那爱的香甜吗？

　　枸杞子是更娇小的果子，在我家乡，并不以红红的籽粒招人青睐，而是那青色的叶片，可摘来以些许油盐和五香豆腐干一起拌炒，其味苦而鲜。来到北方，吃不到了，却常能从人家的小院墙角，见到宝石般明亮的果子，仿佛一弹便弹得出血来。而在旷野的荆棘丛中，或野坡荒冢之间，那闪闪烁烁的红果，更易引发种种遐想。我曾在一章散文诗中写道：

> 凄风苦雨的夜里，小小灯冤点亮一朵故事。你，想说些什么？
> 亡灵的手指拎一串不响的铃，这些鲜红的寂寞，你，想说些什么？

赋予这小小果子以如此凄凉的悲剧色彩，谁叫它总爱野生，总在秋风里摇，且又常在死亡的边界线上扎根的呢？

望 悬 崖

悬崖，悬崖是一种美的境界。

大自然原始的美在人类亿万年文明进化漫长过程中，被一点点磨损，销蚀得所剩无多了。高速发展的科学技术将其改造得面目全非。所余的那一点点遗留，有幸目睹者又有几许？

站在崖壁上，只能仰望：巍巍乎高哉，人会自觉其渺小。李白在《蜀道难》中为我们揭开了悬崖美的触目惊心："上有六龙回日之高标，下有冲波逆折之回川。黄鹤之飞尚不得过，猿猱欲度愁攀缘。青泥何盘盘，百步九折萦岩峦……"

攀缘是需要一种勇气、魄力和毅力的。登山运动员是难得的勇士，征服了珠峰的英雄终于将悬崖踩在了他们脚下，这自然是一曲壮美的凯歌。然而并非所有的攀登者都能获得如此的幸福。那些为生计所迫，不得不舍命登崖的砍柴人、采药者的艰辛，便是浸淫于汗水、泪水以至血水中的悲歌了。李贺有一首名诗《老夫采玉歌》，写的是风呼雨啸中一个挂绳于峭壁间采玉的老人的遭遇："斜山柏风雨如啸，泉脚挂绳青袅袅。村寒白屋念娇婴，古台石磴悬肠草。"

命系袅袅青绳上的老人，看到崖边石缝间长着的悬肠草，想起家中嗷嗷待哺的娇儿，心中的凄苦可以想见。这悬肠草又名"思子蔓"，牵肠挂肚，一语双关。而那垂在崖壁的老人，何尝不是一根"悬肠"似的弱草？

比起石缝间的草，比起爬行的蛇蝎和屹立于崖巅的鹰隼，人是最脆弱的了。狮豹虎狼不必说了，连小小猿猴也能活泼穿行在危崖险壁上毫无惧色。人呢？人站到崖边，头晕目眩，那腿早不自觉地打战了。

"已是悬崖百丈冰，犹有花枝俏。俏也不争春，只把春来报。"毛泽东的《咏梅》对于梅的赞美，不仅着眼于悬崖间的傲立，尤在那抗御严寒的从容。诗人曾卓的名篇《悬崖边的树》，又有另一番寄意："它们弯曲的身体，留下了风的形状；它似乎即将倾跌进深谷里，却又像是要展翅飞翔。"此诗写于 1970 年，恰是中国知识分子面临风雨摧残的严酷岁月。"它们弯曲的身体，留下了风的形状"，便成为绝好的象征，记下了历史的阴影；或跌进深谷，或展翅飞翔，则是他们不同命运的写照。

面对悬崖，更令我心仪的乃是那"飞流直下三千尺"的高山飞瀑的壮丽景象。远在贵州的黄果树瀑布的盛景我无缘一见，近在崂山北九水的潮音瀑，还是亲眼目睹过的。"水作龙吟，石同虎踞"，便是充满野性美的生命力澎湃奔腾的气势了。巍巍崖壁有着静穆的庄严，百练垂挂的呼啸，就是充满动感的画面了。我写过一章《飞瀑》，或可约略传出那"痛苦中的狂欢"的气质："横空出世，瀑布乃大山之魂，闪光的魂，闪光的弧。骑士出征，白马飞鬃，大地敲击着铜鼓。千人空巷，万人空谷。披散李白的白发三千丈，崩溃了积雪。汨罗江把屈原流了两千年的苦泪，一朝喷出。我在读一页《狂人日记》"。

水中的女神

窗外下着大雪，灰蒙蒙的长天压得很低，纷纷扬扬，雪花的肆虐正茫无边际。光秃秃树的粗壮枝条，也悬起了白旗。窗玻璃在抖动着，这是一叶寒窗了。窗下，椭圆形瓷盘里蓄着浅浅的水，鹅卵石上缠满根须，那是一盆水仙。降雪的日子，它那穿出青翠叶丛的莛茎上，展开了洁白柔黄的伞形花序。

是对窗外大雪的呼应，还是向凛冽严寒所作的抗拒？我在一章散

文诗里写过:"花卉选择冬天,需要多大的勇气!"

青青叶子,挺直的茎,洁白的瓣,黄色花冠,清淡雅致,微微的香似有若无,这一切都适宜于寒冷,寒冷中的孤独。

水仙花,清贫而又高洁。不是富贵的牡丹,一拥而上热热闹闹奔走于世俗门庭招引蜂蝶的蔷薇,月季,大丽菊之流。

中国诗人歌颂出污泥而不染的莲,推崇傲霜之菊,凌寒而开的红梅。林和靖因"疏影横斜水清浅,暗香浮动月黄昏"的名句享誉多年,有谁咏过水仙?诗人们对之似无太浓兴趣,偶有歌吟,也未引起轰动效应。王沂孙的《庆宫春》用了"明玉擎金,纤罗飘带"的句子,反觉有点俗。朱熹的"水中仙子来何处,翠被黄冠白玉英"稍胜一筹,毕竟少传神之趣。倒是国外名诗中,有优异之作。英国湖畔派诗人华兹华斯写过《水仙》:

> 这一片水仙,沿着湖岸,
> 排成延续无尽的行列,
> 一眼便瞥见万朵千株,
> 抖颤着花冠,轻盈飘舞。

于是我们对水仙的审美,从一列寒窗引向了盈盈一水间。原来它不仅瑟缩于温室,且能迎着寒风在湖畔浅水边傲立,它原是野生的,如菰蒲芦苇似地将一脉倩影投映清波,是伫立在空灵澄净,"天鹅飞去后只剩得悠然一泓清冷"的水边仙子。法国现代主义诗歌大师瓦雷里的《水仙辞》和《水仙的片断》,怕是我们至今所见到的最宏伟的水仙诗了。

> 水的女神呵,你如爱我,须永远安眠!

这真是神来之笔。象征、比兴、借物喻志,终难写出水仙精神。瓦雷里借助希腊神话,将水仙人格化了,才展开浩浩近千行的鸿篇巨制。

希腊神话中有个美少年纳西撒斯，被山林女神看中，要占有他。这少年心灵和意志与形体一样的美而纯洁，他拒绝。山林女神便罚他永远立在水边，默视自己的影子在水中憔悴衰老。最终，他变成了一株水仙。这是一个悲剧形象，或许正是水仙圣洁灵魂之所在。他孤傲不屈，有水的清纯、澄洁、寒冷和温柔。

瓦雷里诗中的神话与此有异。他写的那个美少年，猎罢归来俯身泉边，"忽睹水中丽影，绰约婵娟，凝思不忍去。"接着在暮色苍茫中，这幻影消失了。他"心灵俱枯，遂郁郁正死。"人们来寻尸，他已变成清瓣纷披的水仙花了。这自然也是悲剧，但我更喜欢的是前面的传说。那美少年，那在泉水边忍受剥夺青春的摧残却不肯低头的美少年，才是"寒流淡淡"中"冷冰冰的精灵"之最动人的化身。

或许是林黛玉，或许是贾宝玉，水仙的性别无关紧要。要紧的是它圣洁的灵魂，它不肯趋炎附势、争宠权门的超凡脱俗的情操。只要一点水，一点点清泉便够。一点点清泉"便足以盈满自身"，这便是我们的水仙。

饮茶札记

一

茶是属于东方、属于中国的。东方人饮茶，西方人喝咖啡，似乎不仅有地域性的渊源，且和人的性格有着某种微妙的隐在联系。咖啡，紫黑的颜色，仿佛烈日烘烤下赤色光的聚敛，其性燥而烈。茶是清碧的绿，如一湖春水荡漾，其性阴而柔。两相对照，各自的人文化内涵便鲜明地突出起来。

前日读报，偶然获得一则关于咖啡的信息。原来，在1100年前，埃塞俄比亚的咖法地区，有个牧羊人，见到羊们常常争食一种红色小果，食过后活蹦乱跳，分外欢腾。他便摘下了几颗，煮熟后一尝，果然香醇，

人变得十分兴奋。人们得知后竟相传饮，咖啡的香气便在西方的广阔地区蔓延开来，成为饮料之王了。茶的第一位知音是何许人呢？哪一位先知的田夫野老，从田间地头或是荒山野岭间，摘下一片绿色的茶叶，最早发现了它清洌隽永的滋味的呢？孤陋寡闻的我，至今尚未得迷津。

茶属于中国，尤属于中国的南方。过去，北方是不产茶的，南茶北移后，竟有了青出于蓝的效果。崂山绿茶溶入清澈的九水名泉，几可与著名的西湖龙井一比高低。当然，论饮茶的习俗，依然数南方为最。那年去四川，游踪所及，就连穷乡僻壤的小亭陋屋中，也有茶肆的旗旛飘摇，坐下来便可以啜饮一杯。摆"龙门阵"更是巴蜀民风的一大特色。也许正由于茶风普及，饮茶早不是富裕人家的专利，引车卖浆者，也可端起大碗茶一饮而尽。于是，有些地方便不称喝茶、饮茶，而叫"吃茶"了。茶怎么可以"吃"呢？或正是其"大众化"民间气息的一种标志吧。盛夏酷暑，推车远行，汗流浃背，筋疲力尽之际，举起粗碗咕嘟咕嘟地"吃"了下去，虽比文人雅士的细品慢咽相去甚远，倒确是满足了"实用主义"的解渴之急，十分过瘾。这也许便是"吃茶"之真谛所在吧。

二

大碗茶的粗放和白瓷小杯的细品，是两种不同的境界。"实用主义"的"吃"与"喝"，与富有文化品位的"品"，不可同日而语。欲得茶文化之精髓，还需从文人中寻觅。

茶有红茶、绿茶之分，红茶需拌一点糖，且以煮而饮之最宜，那味道和颜色，颇似咖啡。西藏地区流行的奶茶，又是一路格局，距流行的茶饮本色甚远。周作人说："喝茶以绿茶为正宗"，是内行人语。在他八道湾的书屋中，悬有一匾，原是沈兼士先生所书《苦雨阁》三字，后来便更名曰《苦茶庵》了。周作人的善饮、喜饮是出了名的。他的《五十自寿诗》，有"旁人若问其中意，且到寒斋吃苦茶"之句，可为佐证。不过这诗却在上世纪30年代的中国文坛，引发了一场不小的风波。当时一派激进的文人认为,国难当头,他却径自消闲独饮,甚为不满,纷纷撰文攻击;另一派文人则颇为赞赏,吟诗赋和。还是鲁迅见解公正,他认为:"周作人之诗,其实还是藏些对于现状之不平的,但太隐晦。"所谓"且到寒斋吃苦茶",便有一点无可奈何的意味,"寒窗"与"苦茶",何尝不是当时文人心态与境况的一种暗示呢?

三

我是爱喝茶的。喝的当然是绿茶,特别是略含苦味的那种。是略含,不能"太苦"。有朋友从远方运来采自青城山的苦丁茶一盒,我试饮了几口,便觉"苦不堪言",再不敢问津了。但对清淡而微苦的绿茶,却在持续地饮用,且效李义山"腐鼠成滋味"的诗句,杜撰出"苦茶成滋味"的说法,写诗为文,屡屡为"苦茶"张目。

这意思是说,每个人都有一本自己的"苦经",每借茶味之苦而得以舒解、宽慰。邓云乡先生有诗句谓"世味苦犹恋"。茶的苦与世味的苦在一只杯中合流、溶解了,那便是苦茶滋味之文化底蕴的所在了。

茶叶,其实也是无辜的。它不幸有一点提神养目的功能,又不幸被人类发现且"情有独钟",便注定地被残忍地摘离母枝,经受炉火炙烤,开水漫呛,终于在杯中酿出一腔苦水,苦水吐尽时,才得以苍白地遭受到遗弃。苦命的人饮着饮着,便不由产生出同病相怜的感喟,这便是嗜饮者"苦犹恋"的潜在动因吧。

周作人说:"喝茶当于瓦屋纸窗之下,清茶绿茶,用素雅的陶瓷茶具",这是配套的,形成一种氛围、一种气质、一种情趣。若是纸窗外有清风嗖嗖,或者细雨霏霏,不时传过来潺潺山泉和几声鸟语,这时候端起杯来轻轻呷那么一口,茶的清、绿、微苦中的余甘,与冉冉上升的一缕热气相呼应,便有一种东方文化的特色在生成。宁静、闲适、清悠,若有一丛翠竹洒下浓阴,塘中清荷散发丝丝凉意,一杯清茶在手,就更觉得意味无穷了。

第三辑：岁月与人

岁月与人

山溪流过的地方，时光的幽梦如手。

——引自旧作《岁月》

一

时间，岁月，是二而一，又一而二的东西。

时间是永不中断的流，因而，无所谓"间"吧，"间"是间不断的，称之为"时光"，也许更确切些。

它无声，无息，无影，无形，无色，也无味。钟表，沙漏，更鼓，沉钟，不过是捕风捉影式虚拟的脚步，从不在沙上留下一点点痕。

光是时间的形象吗？怕也不。夜晚无光，时间的潜行照常，依然纹丝不乱。

"时光的幽梦如手"，不过是我的一种幻觉……

二

时间自何时始，至何时终？答案只能是：无际、无限、无极。

岁月乃人类自行划定的假想刻痕。计时的分分秒秒，日历上的日日月月，习惯的春夏秋冬，都是人强加于自然形态的时间上的标签。公元纪历 2004，不过如白驹过隙的一闪，短得可怜。

李白说："夫天地者，万物之逆旅，光阴者，百代之过客。"空间如许,时间如许;岁月不居,时间尚且是过客,何况一生不满百年的小小个人呢?

我也写过一个过客:

当钟声响起——
夜行人,美髯生辉的莽汉子。
凝听,伫足。宛若听到一声苍凉的召唤,岿然而立。他微笑,
领首,且扬起头,一步步走过去。
悲壮的人生之旅,如画幅展开。
钟声在继续…

迟疑或退缩,都不是男子汉应有的姿势。

三

岁月,岁月的手掌,给大自然留下些什么?

草根在地下。草叶一岁一枯荣。柳丝绿了又黄,黄了再绿。百年老树的年轮,一圈圈画满,这便是历史。

励石任风吹雨淋,一点点蚀去了棱角。海枯石烂,连石头也会烂的,更遑论乎细皮嫩肉的人呢?

我去过一个荒无人烟的海滩,高耸的峭壁下,到处是湿漉漉受伤的石块,苔藓蔓延,碎裂的伤痕似龟背上的刻纹。

断裂,风化,腐蚀,潮涨潮落,进攻与退却,沙子是被粉碎了的礁石吧。而海藻,垂挂在礁石的肩上,像是无规则梦影展现与重叠,蓝色的海妖和女鬼们披散的长头发。

岁月手掌的蹂躏,这只不过是挂一漏万的影像之一角。

而人呢?人在历史上留下的踪迹又有多少真实,多少被阉割或湮没,多少是谎言?

杀人如刈草的帝王，铁蹄踏碎千里无人烟的异邦国土的穷兵黩武之徒，被尊为盖世英雄，接受着一代代人崇奉的香火，而那些抛骨他乡的士兵，惨遭涂炭的小民，蒙受冤屈的无辜，谁记下他们的名字于万一？皇皇千册万册的史书之上，没留下一滴他们的眼泪。

四

"天若有情天亦老"。岁月不老，便是无情的铁证了。

黛玉葬花，是花死人悲的一悼。君不见时尚美女们每日对镜梳妆，偶见一丝白发，便慌得手足无所措了。包装吧，美容吧，秀发染黄染赤染得天花乱坠吧。做面膜吧，换颜变性吧，使尽浑身解数，却无能扭转生命衰老之铁定规律，其奈岁月何！

"三月出嫁的女子，九月便成白发的老妪"，这诚然有所夸张，却真实展现了似水年华，人的青春几何，经不起一场风雨摧折的脆弱的悲哀！

愈是金枝玉叶的华贵，愈是惧怕老与死的光临，愈是花天酒地的狂欢，愈容易招致身心健康的毁损，奈何！百万富翁挥手之间可得摩天大楼耸云，却难购得哪怕半日之暂的生命的"尾数"。

岁月无情，时光易逝，贫富贵贱，一视同仁；拒不作"卖寿"的肮脏交易，其廉洁之风可赞可颂。

五

有人活得重如泰山，有人活得轻于鸿毛。

有人活得度年如日，有人活得度日如年。

活着，未必都那么轻松、快活。水深火热云云，其实也难以概括活得艰难者群的诸多状况。幸福的人有大体相似的幸福，不幸的人有各自不同的不幸。

聋哑、瘫痪残疾者难以感知"外面的世界多美好"；癌症与艾滋病患者晚期的岁月,无非是痛苦地忍受肉体的疼痛与内心的折磨,等待死亡脚步的一步步逼近;服刑的囚徒,尤其是蒙冤受屈而失去了自由的人,最能体会"度日如年"这句话的滋味。岁月给予他们的是什么,他们给予岁月的,又能是什么呢?

平反,对一个蒙坐冤狱的人来说,该是无比的欢悦了。生命中充满希望的一页页又将开篇。然而,有这样一个人,一位由莫须有罪名流放新疆服刑多年的汉子,目光呆滞老实巴交的汉子,竟连"人之常情"的欣喜也已趋麻木。他似已失去了对生活的信任,对生命的兴趣,故乡啊,亲人啊,也对他没有多少吸引力了。妻子来信催他回家团聚,他木然地看过,扔在一边,便睡去。有人敲门,敲不开。世界将他关在"里面"这么多年,他要将世界关在"外面"多少年呢?岁月于他如此无情,他于岁月的冷漠,便也不足为怪了吧。

人们从他枕下找到十几元钱,几件破衣裳,一条潮湿的被褥,这便是遗产的全部。一副薄板,一辆驼车,几朵素白的纸花,结束了一个不幸者的岁月。

比起阿Q,他较为幸福。没在纸上画一个不圆的圆圈,省却了临终前的一份遗憾。

六

岁月无情,而人有情。人生百年,区区一过客耳。既从世间一"过",总也该留下点什么的吧?梵·高留下《向日葵》,罗丹留下《思想者》;但丁《神曲》,屈原《离骚》,贝多芬的《英雄交响乐》,都使岁月增辉,双目失明的阿炳,还为我们留下了不朽的《二泉映月》呢,他将永远活在有月光的晚上,活在潺潺流响的泉水之间。

一个种树老人,识字不多,不曾握起过笔。但是却在断崖裂谷,重峦叠嶂间,"写"下了一片片新绿·让光秃秃的荒山,变成了郁苍苍的林海。老人嘱咐,将骨灰洒在他亲手栽下的树木的周边。从根到枝到叶,

无处不焕发出他生命余泽的光辉。当风吹过,便有一支生命交响乐,流淌在千片万片活动着的绿叶之间,簌簌地弹奏着,无止无休。

布衣情怀

一

布衣,非指衣裳,是指人。不是一个人,是一群人,一代代人,他们的代号,他们社会身份一目了然的"身份证"。

汉语之妙在于它的精细入微,同义而又多向。皇帝所穿,称"龙袍","龙袍加身",即成一国之君。殿下大臣着蟒袍、系玉带等,而下之的官员,统以一顶"乌纱帽相罩。乌纱摘去,便没戏了。平民百姓呢,便是所谓"布衣"之众了。

布衣布衣,粗布衣裳,青衣小帽,除坚固耐穿,质朴无华外,说不上多么美观或新奇,我对之却颇怀好感。布衣布衣,何其亲切乃尔,是衣裳给予的温暖,还是斯人留下的印象难忘? 有物质,有精神,或许还有一点人文气质隐于其间,且容我一一道来。

二

诸葛亮是著名的贤明宰相,出山前却也是一名布衣。《前出师表》中有云:"臣本布衣,躬耕于南阳"。仅九字,谦恭朴素之姿毕现。《空城计》唱词那句"我本是卧龙岗散淡的人",委婉悠扬,毕竟不如"臣本布衣"简约而传神。诗人李白在《与韩荆州书》中,自称:"白,陇西布衣,流落楚汉",自有一种潇洒从容气息隐约其间,不亢不卑,傲骨天然,正是"天子呼来不上船"的风格,称为"布衣精神",或也相当。

历史上不少诗人,在诗中表达了布衣情怀。杜甫的《茅屋为秋风所破歌》中,自述处境是"床头屋漏无干处""布衾多年冷似铁",而他念念

088

不忘的,却是天下布衣"安得广厦千万间,大庇天下寒士俱欢颜!"李白夜宿于安徽铜陵五松山下一农户家,"我宿五松下,寂寥无所欢,田家秋作苦,邻女夜舂寒。跪进雕胡饭,月光明素盘,令人惭漂母,三谢不能餐"。清冷的月光照在盛菰米的盘中,照在亲如家人的老妈妈举盘的手上,历历如画,诗人与底层布衣们的一片深情,便跃然欲出了。

现代作家亦多有布衣情结。鲁迅笔下,从阿Q到闰土,孔乙己到祥林嫂,无不是布衫人物。夏衍写了那么多戏剧,均抵不过一篇《包身工》。滴滴汗水,字字血泪,昔日工人的苦难,便得以留在了文学史上,将光照千秋。而今某些报告文学家们,目光投在企业家大腹便便的肥肚皮上,便是另一番"时代特色"了。某些影视家则看好了龙袍加身的万岁皇爷,社会主义的电视屏幕,封建时代的"万岁"声不绝于耳,也算得一宗"今古"奇观。作曲家为《康熙大帝》谱的主题歌,声嘶力竭地唱道"我真还想再活五百年";《汉武大帝》的导演理直气壮地将其塑造为"高大全"。布衣小民呢,只配在戏曲舞台上保留着一方"豆腐块",以示历史的"存照"。

环顾今日艺苑文坛,布衣身影颇感寂寥。青年诗人雷平阳说,他写的是"感知疼痛的诗歌"。谁的疼痛? 生活在底层的弱势群体,布衣草履者们的切肤之痛吧:"像一张蚂蚁的脸,承受不了最小的闪电"。他写自身处境时有这样的话语:"河是小河,路是小路,屋是小屋,命是小命"。它让我感受到的并非心灵的寒战,而是遍身的温暖。作家诗人的良知,原是社会人文精神的一种闪射。

三

"命是小命",民是小民,或便是布衣命运的一种注释。许多人家的家长眼巴巴"望子成龙",但其成了"龙"的,佼佼者能有几许。何况还有认定"小命",压根儿"不思过取"的人们在,我便是其中的一名,"布衣情结"仿佛是与生俱来的。父亲对我虽无奢望,只想我能"从商",涉入致

富之途。我却从小便想往没出息的文墨堆中苦钻，天生一条穷命。每见到身价高贵气宇轩昂的人物，或那珠环玉佩、脂香粉艳的名媛淑女，便自远远闪避开去，真的是不登大雅之堂。"原罪意识"么？何罪之有呢？总觉自惭形秽，矮人三分。进入社会，更见卑琐了。在商家学徒，立于老板鸦片烟塌边恭聆训教的角色，能培育出什么昂扬意志？难矣。进入新社会，见到当官的，明知是"人民公仆"，却仍有拘谨惯习，缩手缩脚。布衣布衣，这辈子是脱不去了。即使高价买来名牌高档的礼服穿上，也是貌合而神离，内心深处的"布衣情结"，是甩不掉的。

以貌取人不可取。但貌毕竟属于人之本体，总能从目光灼灼中感受点气质的真实。以衣取人，距离就更远了。然而衣着的华丽与寒酸，至今影响仍在人们视线之中。商店售货员、宾馆门卫、服务小姐们的目光是很敏感的。中国自古便有"衣锦还乡"之说，人在外做了大官，回归乡里，扬眉吐气之时，自必要穿一身锦衣，绫罗绸缎，光彩夺目。若着一体灰溜溜褪了色的旧衣服，成何体统呢？当然，社会进化到了今日，仅靠"衣锦"却又不够，时行办法是递上一张名片，官职大小，一目了然。到正式场合，还有道介绍程序不可或缺。一次，我随几位朋友去某县，在一基层单位落脚，需向主人介绍身份。这位是主席，那位是秘书长，还有一位为处长。主人一一躬身趋前，握手相迎，笑容可掬。轮到我时，介绍人犯了难，我是"布衣"呀，怎么办呢？他想拼命拔高，来了一句："这位是作家……"作家是什么官？对不上茬，那主人脸上笑容迅即撒去，迟疑地伸出手来，冷冷地触了一下，便溜之乎也了。布衣，布衣的手是"扎人"的呀。

我不生气，也不"可怜"自己，更不怨这位主人，社会风气使然，原不足怪。什么时候才会"情况有变"呢？说不上了。啥时候"布衣"们持一名片，上印一行"中华人民共和国公民"字样，拿出去办事也畅通无阻，我们的社会风气，便大有可观了。

人,失去了乡愁

一

乡愁,多年前就知道这个词了。一个"愁"字引出许多迷茫。隐约得知,乡愁,是思乡心情的一种表述,心苷怀念,却又难以企及,此种无奈,便是"愁"之所在了。

原始人类是无乡愁之忧的。生活在漠漠荒野,"鸡犬之声相闻"的窄小村落,咫尺之间,自然无此困扰。怀乡之情是随人的流动与游离而生的,王维诗中写道:

> 独在异乡为异客,
> 每逢佳节倍思亲
> 遥知兄弟登高处,
> 遍插茱萸少一人。

在这里,思乡之情和对亲人的怀念紧相联系,到了李益的诗中,境界便开阔了许多:

> 回乐峰前沙似雪,
> 受降城外月如霜,
> 不知何处吹芦管,
> 一夜征人尽望乡。

战争年代征人们的群体情怀,因月夜与沙漠的环境,悠悠芦管的吹奏,而被烘托得更显悲凉了。

项羽被困垓下，"四面楚歌"所以能涣散军心，加速了他的败亡，"乡愁"因素起了重要作用。

多年前，我看过一部前苏联的影片，有个镜头至今未忘：深夜，冷落城市的街头，一个人敲开店铺的门，问道："这里有卖斯拉夫小罐的吗？"这原是地下工作者对"接头暗号"的词语，我却别有含意："斯拉夫小罐"是用来盛水的吧，我将它视为乡愁理念的一种象征物了。身在异乡的人，常会寻找某种"信物"，以寄托其乡思。那小罐，引起了我一章散文诗的构思，它的题目是《水瓮背负者》：

　　水瓮青灰，森林雨的颜色。
　　水瓮青灰，盛满人生一千种渴意。
　　水瓮青灰，背负者远走天涯，岁月的马蹄愈陷愈深。

　　上路的时候，这是唯一的行囊，
　　上路的时候，没有人打开含泪的窗，
　　上路的时候，没有人道一句珍重，告诉你风寒，路远。

有一天老了老了，攀登步履日见蹒跚，回首望，寻不见那难忘爱情的一瞥。

残损岁月堤岸弯弯曲曲，石板松了，水泥塌陷。疲惫的飞鸟收拢垂落的帆。

　　落日光在你背上轻轻抚摸，一点点醉意，一点点温暖。
　　水瓮还在身边，盛满一千种渴意。
　　而水，已经喝干。

二

"水瓮背负者"其实也是一个象征,是人的乡愁理念的具象化显现。"水瓮"中的家乡水早已喝光,罐子里的"一千种渴意",也有"喝干"的时候么?

随着社会的发展,事情却已发生了明显的变化。

诗人里尔克在一首诗中是这样写道:

众人捣毁王冠,铸成钱币,
当世的主人占有了它们。
溶入烈火铸成机器,
它们隆隆作响,效命于人的各种欲望。
但是,机器并没有带来幸福。

金属有乡愁,它决意,
离开钱币和齿轮。
它们只教给它渺小的生命,
从工厂和金库
它返回敲开的山脉的血管中,
山脉将它纳入且再次关闭。

里尔克的"金属有乡愁",是西方社会进入工业化时代的一句形象概括,金属化为"钱币",化为"机器"之后,成了统治人们的一个"物化"的"上帝",在"物"的"隆隆作响"的昏然旋转中,人性被"物性"所取代,所吞噬。纷纷向都市集中的人们,逐渐失去了乡愁。"机器并没有带来幸福",诗人对于"钱币与齿轮"重新回到山脉中去的向往,不过是一种浪漫主义的幻想而已,"金属有乡愁",这句诗的深刻性在于揭示了人

类乡愁理念的淡化这一时代的悲剧。物欲无限扩张，人性逐渐丧失，是问题的实质性所在。

试看今日社会，得心应手的市场主人，楼市股市的骄子们，一个个"此间乐不思蜀"了。他们会有乡愁么？被困于柴米油盐，奔波于"人才市场"的失业者群，倾其毕生劳动也难以觅得一角安身之地的"房奴"们，会有心思去"乡愁"么？他们"愁"的起么？

而在农村，人们从四面八方涌向城市，不少村庄已成为老幼病残"打扫场院"的"一座空城"。城市呢，敏感的一代家长，在孩子们上幼儿园的时候，就开始安排学习外语，准备着他们出国镀金，求学定居的"幸福长征"了。但求物质上神仙般的富裕生活，什么亲情、人情、乡情统统不在考虑之列了。

三

物质的诱引取代了精神的追求，"乡愁"理念的消失，使得一些敏感的人文学者和诗人、作家们忧心忡忡。土地，乡村，新鲜的空气和澄净的水，大自然无比丰富的原始资源和无可取代的美，以及人们的那种真诚、质朴、善良的感情，人与人之间相互友爱，充满同情与人道主义的精神财富，所有这一切，似乎都是和乡村共在的。乡村，乃是人类的精神家园，人性赖以依托的一片净土。愈是原始的，愈是纯净；愈是质朴的，愈是美好。可以说，精神家园的回归或重建，正是现代人乡愁理念的一种衍生和再造。昔日的乡愁不过是远方游子思乡情怀的个人思绪，今天的精神家园追求，则是现代人时代思潮的集体性萌动了。

稍稍注意一下当下的文学作品，从诗、散文诗，直至散文、小说，乡村题材与自然美的歌颂正方兴未艾。它们以不无忧伤的情怀，抒写着对于乡村与自然美的缠绵恋歌。这与经济社会的空前繁荣，城市化进程的加速发展，呈现出"反向"而行的迹象。奇怪么？一点也不。诗人曼德尔斯塔姆有言："一切诗和艺术"，都是"乡愁的一种形式"。正是诗人、作家和艺术家们,在物质泛滥精神低迷的时代,清醒地发出灵魂觉醒,精神回归的呼唤。也许,他们的声音犹显薄弱,不足以和声势浩大的经济社会相抗衡,但是,他们的存在毕竟是人性未泯的悲壮闪光。不久前崛起的一个散文诗社团"我们散文诗群",在其成立宣言中庄严宣告:"在全球化、商业化、世俗化的现实漩涡深处,我们选择悉心呵护人性的乡愁。"

"人性的乡愁",这是一个值得深思的提示。当物质世界的滚滚浪潮席卷人间,人性中的真善美、宁静与诗意面临着猛烈冲击的时候,人类的精神家园——这一角美好的"桃花源",还能够守得住么?知其不可为而为之,需要我们以百倍的坚韧以赴;退路,是没有的。

冬天,老人的季节

一

从孩子到老人,距离有多远?

这是一个奇异的变数。孩子看老人,路是那么远。老人看孩子,路是那样近,背着书包上学校,学校门前的那条河抓蟋蟀、打陀螺的争吵与欢笑,仿佛就在昨天。还没来得及闪回一顾,便已是白发苍苍,癯然一老人了。生命短促,时间无情,人是何等地不经混呵。

是的,昨天,在我孩子时的心目中,老人,是一棵落光了叶子的枝丫枯瘦的树。先是松弛,而后是皱襞满面,就像剥落的树皮一样,缩成一条缝的细小的眼呆滞无光;鼻涕、眼泪,以至嘴角边垂涎的涂污,更增加了一种邋遢的印象。这便使我望而生畏,远远地便躲闪开了。

小城的冬夜灌满呼呼的北风,却有炒白果的老人蹲在巷子的墙角边厮守。炉子里微弱的火光照出他瑟缩的身子在抖,这是一个无依无靠的孤苦老头,守到半夜能卖出几文钱呢?烤熟了的白果碎裂时,那声

响仿佛是一声声无奈的叹息。

　　这老人离去时已是午夜,该是守更的老人出场了。他敲着更,一声声拔着嗓子在呼唤"火烛小心罗——",那声音拖得很长,一直到"梆——梆"的声音去远。从没见到这老人,但我像总是看见他一步步移过积雪的青石板路那蹒跚的身影,一阵大过一阵的雪花,已盖满了他佝偻的脊背和脖颈。

　　冬天与老人有不解之缘。冬天何尝不是老人的一个最传神的意象?不仅干枯瘦长或佝偻弯曲的身姿宛如衰年的老树,那一头银发和一部洛满腮帮与下巴的胡须,更是雪季特有的亮色。深秋时分,一位老妈妈在扫完巷里的落叶后,就进入我家。隔壁寺院梧桐和银杏的黄叶,铺在天井的砖地与石阶上,她弯着腰一叶不舍地扫进袋中背走,这是她一冬天的烧柴呢。而我那长年蛰居在一间小屋里的外婆,从此就更足不出户了。她是我童年时代最熟悉的一位老人了。中年守寡,接着又失去了儿子,我那唯一的舅舅尚未及冠便少亡了。一无所能生性懦弱的外婆只能住在我家,依靠她的女儿免度残生。她留给我的印象除了沉默再无其他,连饭也是我母亲给她端去。即使到她屋里去,她也没有一句话说。坐在那张旧藤椅上,或是躺在床褥间。植物人么?似乎还不是。她并无什么宿疾更不残废,只是失去了生的意愿,失去了人的七情六欲,成为被时间囚禁的、不思反抗的俘虏。

　　这便是老人。她在我的记忆中留下的烙印太深。我至今还记得她虽然稀疏,却在暗中闪烁的白发,她的过于矮小的身躯,以及那一双极少移动的缠足。但是记不得她说的任何一句话了,哪怕是短语。

　　冬天原本是无语的么? 冬天……

二

　　人的一生都在与时间竞走、赛跑。马拉松:比冲劲,更要比耐力。少年儿童时步子最轻快,那是春天,充满蓬勃生机。青年时代是血气方刚,冲锋陷阵的岁月,宛如烈火熊熊的盛夏。壮年以后便有习习秋风送来些许凉意,却依然腿脚轻松,有几分道风仙骨的洒脱。老年便是"冬至"了,眉宇间也染上白霜。这时候,人与时间的竞走便渐呈疲惫,步子放慢,气喘吁吁,不得不行而行,蹒跚移步了。相应的,时间的脚步却仿佛突然"提速",闪电雷鸣般,闪过去,闪过去,将老人甩在后面。

老人与时间的矛盾常处在两难境地。一方面,希望时间的步子放慢些,留给自己的"份额"长些再长些,百岁,千岁,万岁?科学家们乐观的预言一次次给老人们带来安慰,也不过画饼充饥的喜悦而已。电视屏幕上每天传来"皇上万岁"的祝福,可哪一位"万岁爷"不是在这种"山呼"声中未及百岁便"驾崩"了的呢?更何况区区凡人,一介百姓之流。

老百姓托新社会之福,活得长寿的人多起来了,"老龄化"的盛况渐露端倪。但,"老龄"既是一喜,有时也仍会有一忧相伴。疾病缠身便是常见的一种。坐在轮椅上逛街,躺在病榻上度日,那时光便显得慢而又慢了。巴金老人活到了百岁,文坛称幸,老人家那既不能说又不能写的临终岁月,其实也够他熬过来的。

没病没灾当然好,无事可干的"闲"竟也能成为一愁。退休、离休,熬到这个"休"字不易。享有时方知,年轻时奔波劳碌固然很累,让你闲起来休起来无所事事也不怎么遐意。麻将扑克网球高尔夫,玩得转还好,不擅于此者怎么办呢?每见冬日星煦煦阳光照在广场,或热闹街巷的一侧,老人们袖手而坐,坐成一排,闲话聊来聊去耳朵都听腻了,再也引不起言说兴趣,只趁下彼此对视的"大眼看小眼"了。等日落西山,收起那一摊余热,老人们只得拍拍绽上尘土,一言不发地各自"下班"归"巢"去了。这便是"两难",既盼望时间对自己施恩,拉得越长越好,又觉得时间过得很慢,不知道如何打发空落落的日子才好。

年轻人喜欢畅想未来,老人们则常回望过去,怀旧成为咀嚼生命的一种寄托。当然也有所期待。期待着儿女们的一声问候,一个越洋而至

的电话,一封千里外寄来的家书,或者故友新知的一次来访。独守空巢的寂寞,无所期待的空虚,便成为老人最难应对的精神压力了。看不见,摸不着,比尘土还纤微,像虫子样爬行着咬齿着挥之不去的,是一种什么样的"怪物"呢?

哦,它的名字叫:孤独。

三

公交车上来一位老人,亮出乘车优待卡,"老人好"!一声亲切的问候,顿使满车生辉。接着又上来一位白发苍苍的老人移步向前,于是有人起而让座。这是一幅"老人优先的和谐画图。我自然也享有过此种殊荣,便觉心里热乎乎的。冬天,这便是冬天里的春天吧。有时却也没人给我让座,这时候,我的心里尤有一种"阿Q"式的欣慰:想必是我的"状态"还保持着几分硬朗,没露出老太龙钟的"惨相"吧。

也有过为疾病所缠的烦恼。有过闲得无聊的空虚,有过不知来由的失落。若是一天中,不写什么东西,不看书,又没什么别的事可作,这一日便变得乏味而漫长了。似一只被关在无形笼子的困兽,如何才得解脱?

解铃还需系铃人,唯有自己能够救自己。我看窗外,小区广场上,一个胖胖的老人又挂着手杖,绕着圆形花圃"移步"而行了。是"移步",不是散步,因为他的每一步只能挪动不足一寸的距离。他是个中过风的老人,肥硕的体躯压力很重,他只能一点点向前挪,真的是"寸步难移"了。然而每天总见他坚持这样的运动和锻炼,即使朔风呼呼,冰封雪积,也从不间断。望着望着,我怎能不责备自己的脆弱!入冬后受了一点风寒,腰退疼痛起来,坐下站起,疼不堪言。我便学他的"榜样",在室内来来回回地走。坐不行,找一个讲义夹子垫着,躺在床上写东西……

李商隐的诗写道:"夕阳无限好,只是近黄昏"。无意间道出了人生归途中的两难境界和复杂情感。珍惜那夕阳之红吧,别介意于黄昏将近,这才是一种现实主义的、积极争取的明智抉择。关键看持一种怎样的心态。"夕阳红"的光源原是藏在每个人的心里,是燃起,还是熄灭呢?

在我卧室的墙上,挂着一幅托尔斯泰的肖像画,是我的朋友、诗人和画家许淇兄从内蒙古为我寄来的。长发美背的托尔斯泰,以慈祥、睿智的目光注视我,那目光便是生命不息地燃烧着的光焰,给了我无限的鼓舞……

托尔斯泰,这位不朽的文学大师,一生反暴力,倡和平,愈到晚年,那同情弱者、关怀农民的人道主义情感愈见强烈,他为自己的优裕生活愧疚自责,终于在最后的日子里,毅然弃家出走,冒着俄罗斯冬季的严寒,在风雪交加的乡村小道上奔波。1910 年 11 月,82 岁高龄的老人,在一个名叫高塞尔斯克的小站上一病不起。他得回旷野去,到农民兄弟中去的理想无法实现了,在弥留时,老人号啕大哭,他喊道:"大地上千百万生灵在受苦,你们为何大家都在这里,只照顾一个 翁·托尔斯泰?"

老人,一个真正的老人! 他心里想着的是"大地上千百万的生灵"而不是自己。

在胸中燃着一把火的老人,不仅仅温暖着自己,也照亮了所有迟暮之际的老人的"冬天"。

想变一只鸟

一

"长大了,你想干什么?"小时候,大人总要这样问孩子。由于幼稚,孩子们的回答大都带有很大的盲目性,不足为信。等长大了,经验丰富,再选择就为时已晚。不过还好,到晚年还有一次机会。佛家倡"轮回"

说,还有个"来世"呢,何不为下辈子做一番美好的设计。有人以此题目试我,我不假思索,便脱口而出地答道:"来世想变一只鸟"。

对方有点惊奇:为什么想变一只鸟呢?

说来话长……

二

想飞的愿望由来已久。造物无情,不曾给人类一双翅膀。孩子放风筝,其实就是对鸟的向往。然而风筝飞得再高,终还是握在人的手中,仰望天空,两脚还是沾地。杂技团"空中飞人",不过靠"障眼法"施一点绝技而已。聪明的科学家发明了飞机,人腾空而起,翱翔云端了,却还是躲在舱内,与乘车船何异?到时候还得走下舷梯,回到地面上来。

想飞的愿望无法实现,只能在艳羡飞鸟的雄姿中,获得些许的补偿了。

三

羽翼丰满,鸟拥有无限可能的空间,它赢得了自由。

鸟不必住在高楼密集街市拥塞的城市,鸟无须口衔身份证件或绿卡,便可穿越所有的森林田野河流山谷。

黎明是属于鸟的,露水与曙光,习习梳洗潮湿之羽的晨风是属于鸟的。诗人商禽为鸡命名"呼唤太阳的禽鸟",其实也可归之于所有能吟会唱的鸣禽。

> 饮露而歌:吐出来的每一粒音符
> 都闪亮如银,干干净净,
> 在阳光里漂泊……

那里是一条山野间的河谷,潺潺水声的伴奏如弦,唤出了鸟儿们圆润的歌声滚动。如此纯净、宁静的鸟语,是被泉水洗过的吧,垂挂在高高树枝翠绿的叶间,淡淡地消隐在迷茫的雾中。

听不懂的鸟语,无法破译,却在诗人中觅得了知音。"鸟鸣山更幽",惟其无曲、无谱、无序,甚至无迹可寻,才是最高的自然,最美的自在,最大的自由。

四

想变一种鸟,哪一种最好?也想过。

夜莺,天鹅,孔雀?过于高贵了,还是平民化些好。

鹰吧。鹰乃鸟中之王。一双健翅,如钢铁,如青铜时代留遗深山之雾霭的沉甸甸一角。当它起飞,言逝之声铮铮然,如一曲壮歌的和弦。

鸽是和平的象征,毕加索的鸽子,哨声飞掠长空,圣洁的黎明在白羽之上展开。在每一处滴血的广场上放下橄榄枝条,从广岛,从巴格达,从伦敦的恐怖肆虐后负伤的车站。

乌鸦,说真话的鸟,不受欢迎的鸟,在人们的呵斥声中,总是背负着"原罪"的暗哑,"绕树三匝,无枝可栖"。诗人却赋予它赞扬的诗句:"河在流,乌鸦肯定在飞"——一脉流水映出它飞动的黑羽,多美!

做一只燕子吧,娇小、轻盈,"飞入寻常百姓家"的黑色小精灵,在檐角穿梭,柳叶间盘旋,崖壁上筑巢,船的桅杆边栖息。喙尖尖的,尾也尖尖的,永远长不大的可人的小东西,在电线的五线谱上,跳动着欢乐的音符,1、2、3、4、5、6、7,恰好是七只。

麻雀就更平民化了。几乎是无所不在,总是无忧无虑,兴高采烈地嬉戏于人前,却又出奇地灵敏快速,但有一点点动静,便刷地一下飞跑了。虽然遭遇过一场"全面围剿"的浩劫,还是满不在乎地与人为友。那一日清晨,我在一家庭院的墙外,见到三只刚出生的乳雀,栖在大树的一条劲枝上面,沐浴着初阳的照光,彼此用尖喙啄击着对方的嘴,那样地亲昵,欢喜,这黎明,这第一缕旭光,只应归它们所有……

101

五

想变一只鸟，主意已定。一位朋友忽向我提出个问题："你见过养鸟人的鸟笼子吗？"

见过。手托鸟笼，一早就到公园的林荫道边去遛鸟，也算是城市的一景。曾见一驼背老者，步履已不灵便，却不辞辛劳地挑着两只高大的鸟笼前行，赶往养鸟者聚会的鸟笼林立的地方，一泡就是一上午。关在笼中的鸟儿是幸福的么？养鸟人当然可为作证。随着人们生活水平的改善，"水涨船高"，鸟们的待遇也大有改进。笼子空阔，栅栏华美，每多油刷得宫殿般辉煌，有水，有细沙，金黄的粟米和特意捕捉来的鲜活的虫豸以使笼中的鸟饱其口福。盛水的酒盅般大小的杯子，青花瓷器，小巧玲珑，堪称典雅精致。鸟儿们却不怎么活跃，孤单单地，上不见天，下不着地，它们便保持着一种傻乎乎呆滞性的沉默。

关在笼中的鸟儿是幸福的么？养鸟人的感受比鸟儿们丰富和深刻多了："即使大雨瓢泼，也淋不湿它的一根羽毛。纵有龙卷风袭击，蹲在笼子里也安如泰山。进了笼子，就不必从一片林子到另一片林子辛辛苦苦去觅食了，你看，水在小钵里清清地盛着，碟子里的粟米浸透了阳光，金子般闪烁……"

但是那只鸟儿却扑棱棱想往外冲，折断了一支细羽……

这时候，我的朋友又冷然向我问了一句："想变一只鸟，主意拿定了么？"

我嗫嚅着，没等我开口，朋友调侃地言道："我为你做一只最好的笼子如何？保君满意！"

我想说一声"谢谢"，却终于没有说出。

102

清明时节雨纷纷

中国的传统节日多与季节有关,春节之于春,其实尚早了些,数九寒冬犹在,春似还在遥盼之间。早春的脚步,其实到清明时节才姗姗来迟呢。

清明,清如水,明如镜,多么富有诗意的命名。一种幽雅、清高与明洁的气质,在那一丝轻寒中蕴含着,格调是高的。

因冬而沉睡的原野是被谁唤醒的呢?

是雨。

雨,清明时节的雨,充当了为春开路的先锋角色。唐代诗人杜牧的一句"清明时节雨纷纷",抓住了这雨的特色,不是倾盆而下,没有沉重的雨滴,飘飘洒洒,细雨如酥,如梳却自缠绵不已,远远望去仿如轻雾织成的网迷茫朦胧。灰蒙蒙地在天空徜徉。其实,它正是罩在春之女神颜面上的一袭面纱,掩映着它的娇羞。但等那面纱在不知不觉中隐去,便有一粒粒银珠撒满大地,系在柳枝的末梢。哦,杨柳枝上一只只惺忪的睡眼睁开了,接着便是风。是杨柳唤来了风,还是风唤来了柳? 风中的柳丝似柔软的腰肢,或者瘦长的手腕,轻轻地摆动着少女的婀娜。这便是早春的亮相,便是清明所独具的秀美之姿了。

"吹面不寒杨柳风"。这是一个创造性的命名。吹面不寒,但依依地仍有着一丝凉意,恰到好处地轻轻拂面,一如那柳枝软软多情地动,温和亲切,脉脉含情。清明的诗意美尽在其中了。

中国的传统节日多有"标志性"植物相伴。端午节是青青的芦苇叶,中秋节是飘香的桂花树,清明呢,我想便是这依依而动的杨柳枝了。小时候在我家乡,每到清明,要去采撷一点柳叶,切成碎末,搅在面糊里在锅上摊饼吃,叫做"杨柳摊饼"。新生的柳叶有一种特有的清香,也算得

清明时节的独特美味了。而在街头的鱼市场上，白花花鳞光闪闪的鲜鱼摊上，也常镶几片碧绿的柳丝，平添了水的幻觉，仿佛那鱼儿还在柳荫下的清水中游呢。

"清明时节雨纷纷"，杜牧诗的下一句是"路上行人欲断魂"，"断魂"的悲哀从何而来呢？这便涉及清明节的另一个相沿已久的全民性扫墓祭祖的习俗了。而今，又添了拜奠先烈，缅怀革命先辈的内容，这是尽人而知的了。却也有许多人不太了解的一个与清明有关的故事：寒食。

有人说，清明节又叫寒食节，也有人说：寒食节在清明后一日。古代每至这一天，是要吃寒食的，不可点火做饭，用现在的说法，便是吃冷餐了。为什么要用"寒食"呢？那是在春秋时代，晋国有位公子重耳，为躲避政敌迫害逃亡在外，追随他的人中，有个叫介之推的，是很重义气的人。最困难时，逃亡者几成饿殍，介之推偷偷割下腿上肌肉，熬汤给重耳喝，自己则忍痛不饮。等度过危难，重耳回国执掌了君权，追随者们纷纷争逐高位，"大者封邑，小者尊爵"，惟介之推却悄然隐退，躲起来了。有人为他鸣不平，于是重耳派人四处搜寻，想请他出来为官。这时介子推早背着他的母亲上了一座荒山，在那里过起清苦的平民生活，硬是不肯出仕。又有人建议"纵火焚烧"，想把他逼出山来。一时间烈焰腾空，草枯木焦，火势十分凶险。介之推是个孤傲固执的人，他宁愿焚身火中，也不肯下山与那些高官们为伍。这个悲剧感动了重耳。他下令每年这一天全民戒绝烟火，只进"寒食"，以示纪念。寒食节便从此而来了。

介之推的行为或有矫枉过正之嫌，却也体现了古代知识分子崇尚清高，耻于追求功名利禄的道德取向。人们津津乐道的陶渊明"不为五斗米折腰"的佳话，也属此类。寒食节相沿至今，说明老百姓对介之推式的"先贤"是怀有深切的同情和好感的。当然，对于一心为民的好官，他们也是满怀敬意。每有清官离职，老百姓总要沿途欢送，家家门前置一杯清水，一方明镜。"清正廉洁""明察秋毫"，道出了他们对为官者的称颂与期望。清明清明,恰与清明节的命名不谋而合,倒也是颇堪玩味的呢。

月光里的神话

月光的美是无与伦比的。人类之初,我们的先祖便为其所迷了。那些优美的神话便是最好的证明。月亮现身于夜晚,那么朦胧的光与影相偕,飘洒大地,在深山幽谷,在潺潺水边,或是稠密的树荫荡漾,或是一脉清光迷离,阴森而神秘,这便容易使人幻觉丛生,浮想联翩,于是,一些神话就悄然浮现了。

月光里的神话,在中国,首先自然是嫦娥奔月的故事。

嫦娥是羿的妻。羿,射日的勇士。他一举击落天上九颗骄阳,才使人类解脱了炎热炙烤之苦。而那颗果仅存的一枚,还是嫦娥偷偷藏起一支箭,才使它"幸免于难"的,若非此女,人类便要永陷于黑暗而难见天日了。所以,嫦娥其实是人类的一大恩人。但她为何又要离开人世,而去"奔月"的呢?普遍的说法是觊觎长生,偷服了羿的不死药,便飘然腾空而去了。问题的核心,则是她为什么要离世而去呢?动机何在?

鲁迅的《故事新编》里有一篇《奔月》,提供了一点线索。原来,羿每天外出行猎,射回来的猎物,尽是乌鸦,别无他物。于是,嫦娥每天进食的"美餐"只有一种:用乌鸦肉做的炸酱面。乌鸦肉好吃么?炸酱面好吃么?即使好吃,天天如此,顿顿如此,谁能抗得了?嫦娥因之而难以下咽,因之而心生厌倦,因之而情绪低落。羿也颇感内疚,却又无可奈何,每天打回的,依然是乌鸦一族。于是,有一天归来,发现妻子不见了,她偷服了不死药,奔月而去了。鲁迅的小说是虚构,神话何尝不是虚构。乌鸦肉之类不过是现象,揭示出问题的实质乃是:嫦娥

105

厌倦了庸常的、千篇一律的人间生活,对于她的丈夫,似也感情冷漠。追求一种变化,一种新生活,一片新天地,她乃选择了月宫,这才是神话内涵的核心所在。

奔月后命运如何?人们知之甚少。苏轼吟道:"不知天上宫阙,今夕是何年?我欲乘风归去,唯恐琼楼玉宇,高处不胜寒"。这琼楼玉宇,便是月宫。人们知道的,唯一个"寒"字,所谓"广寒宫"便是。望着那莹莹清光,颇似一座水的宫殿。寂寞、寒冷、凄清,正是她的总体色调和意境所在。柔弱清冷且微感暗淡,那月光原就有一种女性化的阴柔美。人们所创造、设想的嫦娥,谁也未曾见过,遂留下丰富的想象空间。她的美是无须具象的,连同她的性格、命运,她的孤独与忧郁感,似已全由淡淡的月光揭示无余了。不错,她获得了长生,甚至也拥有了一种高高在上,有闲而无需操劳的生活保证,但同时却注定了一个女性终生独守,青春虚度,无亲无友,毫无生之乐趣的"仙女生涯"。是幸,还是不幸呢?

李商隐的《嫦娥》诗吟道:"云母屏风独影深,长河渐落晓星沉。嫦娥应悔偷灵药,碧海青天夜夜心。"这当然也是虚构,然而却是可信的。嫦娥会"悔"么?望着那碧海般深沉的青天,人间远隔,渺不可寻,奔月女子的"夜夜心"中,又岂是一个"悔"字,所能尽述的呢。

月光里的神话,除去嫦娥,还有一个人物,便是吴刚了。吴刚的来历似乎比嫦娥更模糊,只说是由于"学仙有过",被罚到月宫劳动的一个汉子。犯了什么过,不得而知。劳动改造的内容十分单一,那便是手持板斧,砍伐那棵桂树。那树却又砍不倒,砍不断,伐了又长,长了再伐,如此往返循回,吴刚的劳动便成了没完没了的"无效劳动"。这个人物的身份既是劳动者,又是罪犯,很有一点人间男人命运的象征意味。许多人不都有着"成仙得道"的梦想么?吴刚的故事仿佛是对抱有此类幻想的人们当头一棒:到了天上,也休想闲散和自在!

毛泽东的《蝶恋花·答李淑一》词中提到了吴刚:"问讯吴刚何所有,

吴刚捧出桂花酒"。这自然是一种浪漫主义的美好愿望,只怕是吴刚那"犯人"的身份,未必有献酒的"自由"。能否享有这种"光荣"呢,就很难说了。

神话中的另两位角色,是一只天真的小白兔,再便是那蟾蜍了。小白兔的任务据说是捣药。蟾蜍呢 传说中较少涉及。近日,我从《简明不列颠百科全书》中,得到了一个新的说法。据说,嫦娥奔月之后,竟是变成了一只蟾蜍,交给她的任务也是捣药 捣的恰是那长生不死之药!

嫦娥命运这一版本的书写令我大吃一惊,委实太残酷了些。蟾蜍不就是癞蛤蟆么?人们常说"癞蛤蟆想吃天鹅肉",这一贬语让我们瞥见了神话作者对追求长生、飞天成仙的幻想,给予了何等尖锐无情的一击!或许,正是这一极端性的设计,让我们读懂了"奔月"神话哲理性的警示。

时间的无限性和人的生命之有限性这一矛盾,是难以解决的。长生不老、飞天成仙这类愿望,只能是一厢情愿的浪漫主义幻想。嫦娥意欲摆脱人间千篇一律乏味生活的尝试,取得的却是更为单调乏味的"无所事事"——闲得无聊的月宫孤守。忙固然苦恼,吴刚式的乏味劳动,蟾蜍的捣药不已是一种模式,嫦娥的孤独和乡愁,无法消磨一个个空虚的日子,又何尝有什么幸福可言?

那么,聪明的人类,还是立足现实,从有限的生命时间内,寻求自我升华的途径,在劳与逸的合理调节中,创造价值,摘取幸福的果实,才是切合实际的选择吧。

不好意思散步

"散步? 不就是走路吗?

这位仁兄所言极是,却又是一句于散步完全"外行"的说法,一语便

看出了他不识其中奥妙。

散步诚然也是有劳双足落地向前挪移的行为,但又与日常生活中一些走路有所不同。常人走路,或上下班,或行军拉练,或赶大集,或探亲访友,到商店去买东西,背着书包上学,进医院看病,婚丧嫁娶,等等,不一而足,所有这些,都有一个明确目的,走路不过是奔赴这一目的的必要手段,必经过程而已,因而常是行色匆匆,无暇旁顾。散步就不同了,散步本身便是目的,为走而走,无所事事,十分轻松,甚至可不择路径,不问终点,走到哪儿算哪儿,岂不是大有区别的么?

散步的情趣恰在于此。它可算得上一种"运动",虽然所有"运动会"中均不设此竞赛项目,但它对于身体健康肯定有益。不仅活动了身体,而且舒展了精神,对脑力劳动者,白领阶层人士,调剂紧张的心态尤为有效。至于思想家、学者、诗人作家们,每在散步时有意无意地进入某种思考,猎取创作灵感的事,更是屡见不鲜。而这些,从其他诸多"走路"中是不易取得的。

我是个喜欢散步的人。年轻时便有此习惯,恐与性格有关,也和隶属于知识分子一类的"职业"身份有关吧。多年来蹲办公室,坐冷板凳,干爬格子营生,小环境总是"圈"在四壁之内的。八小时坐班,好容易到了黄昏时刻,饭前饭后到户外走走,便是精神的解放了。散步的精髓全在一个"散"字,自由散漫,随遇而安。"外面的世界"很宽敞,精彩也罢,不精彩也罢,反正我可以随便走去,想进想退,悉由自主;什么都可以想,什么都可以不想,何等地逍遥。而今兴的一个词语曰"休闲",散步划入"休闲"语境,颇称合格。

法国思想家卢梭有云:"散步能促进我的思想。"据我的体会,信然。为什么说"促进"? 我既是无所拘束的环境,又是"随便走走"的方式,让人进入回归自然的状态。步履所至,身心悠然,一种流动感便催生了思想的活跃。不是苦思冥想,或抢答问题那么紧张,某些思想的碎片、游丝,不由自主地自动前来"落户",得来全不费工夫,这便是散步的"促

进"作用使然。散步,在"走着",要比站着、坐着、躺着的其他姿态,有利
于思想的流动吧。

既如此,怎会出来一个"不好意思散步"的题目呢?且听我说一桩
"散步史"上的小故事吧。

那是上世纪 60 年代初,我在文化局学习编剧这一行当,奉命参加
一个现代戏的创作。那时兴"集体创作",四个人组成小集体。在有了戏
的大体框架后,便要"下去"体验生活。去的地方是城阳小寨子村,当年
的先进典型。我们四人在村里住下来,每到日落时分,常结伴在村野河
边,或麦田田塍上踽踽而行,也就是散步了。不想这一"散"引起了有些
"社员"(当时的农民都是公社社员)的窃窃耻笑,指指划划。这倒也罢
了,住在此村还有一位作家同志将这件事向领导作了汇报,且给起了
个"四进士"的名号加以调笑。于是我们四人理所当然地受到了领导的
批评,这是知识分子脱离群众,不认真进行思想改造的"典型案例"呀,
在文艺界"臭名远扬"了。此"案"发生后,还"好意思"散步吗,当然"不
好"了。

多年之后,忽读到作家鲍尔吉·原野的一篇散文,题目叫《大人物才
锻炼》。原来他的家乡内蒙古某乡的民风,只有当干部的才大大方方地
早晚进行某些锻炼身体的活动,普通老百姓,一概无此项目。当他劝一
朋友不妨试着做点体育锻炼时,那人说:"咱也不是领导,哪好意思出去
锻炼?"这件事启发了我.原来无论是锻炼或散步,不仅有一种无形存
在的习惯,甚且还有一种潜在的"身份"观念呢。知识分子有着散步的
习惯,视之为当然;终日躬耕于田野的农民便觉无此必要,视之为"异
端",是可以理解的了。再譬如,"文革"期间,正在"接受批判"的人,"好
意思"去散步吗?

幸运的是,而今我们生活在一个其乐融融的和谐社会,锻炼也好,
散步也好,悉听自便,便没有什么"不好意思"的了。每天早晚两次,到
附近的街心花园或海滨走走,已成了风雨无阻的必有项目。老人们相

见,互相打个招呼:"散步来啦""哦,随便溜溜"。多么随便,多么自然,谁还会"不好意思"呢?

跪,还是站着?

现在的孩子们大都不知道"跪"为何物了。什么叫"跪",人为什么还"跪"?过去时代的孩子可不同,从小接受"跪文化"的熏陶和传授。春节来临,给父母长辈们拜年,便要行跪拜礼。

我小时候怕过春节,多半就由于怕过这道关。到别人家拜年,或有长者来家坐,都要跪下叩头。虽然可以有"压岁钱"的收入,也不愿行这种低三下四的"大礼"。离家之后,给父亲写信,一开头必须写"父亲大人,膝下敬禀者",什么叫"膝下敬禀者"呢? 就是跪着禀告的意思。

中国素称"礼仪之邦",仿佛至今仍有人以此为荣,而争相炫耀儒家学说的核心内容之一,即"克己复礼","礼"的重要性不言而喻了。"跪拜",便是礼仪中常见的一种。不敢说世界上唯我中华有此一"宝",至少,流行最广泛,最久远的"跪礼"非我莫属是确凿无误的。归入"中国特色"之中,恐也不算勉强吧。在漫长的封建时代,子女向父母、长辈行跪拜礼,是为"孝";百姓向皇帝、官老爷下跪,三拜九叩首,是为"忠"。拜佛祭祖,行的亦是此礼。而在私塾中学生向老师致敬,或者老百姓遇到疑难事,向官府、乡绅、大人先生们求助或感恩,行的还是此礼,其用途之广,使用率之高,可以想见了。

这个"跪"的礼仪是如何发明出来的呢? 荀子《劝学》篇中云:"蟹六跪而二螯"。这"六跪",乃指蟹爬行时的那六只足。再如羊羔进乳,也取跪式。据说,古代流行的"贽",即向王公贵人献礼时,有着严格的等级规定:"天子用鬯,诸侯用玉,卿用羔。"这"羔"虽属低级的一种,却透示了其中的奥秘:"取其执之不鸣,杀之不号,乳必跪而受之。"好一副服

110

服帖帖的标准奴才相啊,跪的礼仪包含着奴隶的意思内涵,由此可见一斑。

千万不要小看了这一跪的作用,它不仅在形式上让你矮了半截,而且是在人格上、精神上让你矮了半截。在等级森严的封建社会中,在官本位的社会中,老百姓见了官,只能低头,"低头"所以认罪;"有罪"所以不敢抬头。而一跪,更是彻底"降服"了,三呼"万岁",奴隶本色、奴才面目便尽现无疑了。

跪,可以视为封建社会等级森严,统治者奴役人民群众的一个符号性的标志,也是人民群众奴隶地位的一种象征,更重要的,是奴化思想、奴才意识,老百姓贱婢地位、自卑心理的一个外在表现。如果仅仅是一种礼仪形式,其实也简单。问题在于,它的普遍流行,深入人心,留下深深地烙印在民族精神的深处而历久不散,才是最值得我们关注的事。

孙中山领导的辛亥革命成功,在其临时政府时期便正式宣布废除了跪拜礼,至今已一百多年。但是,由于其反封建的不彻底性,由于封建文化留在一些人的思想深处灵魂深处的根子很深,一有机会沉渣便会泛起。"文革"中就曾披着"革命"外衣着实流行过一阵,批斗游行中的"喷气式",以至跪式爬行的表演司空见惯,"踏上一只脚,让你永世不得翻身"的名言,正是在跪式表演中见诸执行的。这且不说,毕竟已是历史了。而在当下,依然有迹可寻。

"重庆万州区纯阳中学又有900多名学生行了跪拜之礼。虽然学校当局说下跪是自愿的,而且这个校方讲,这个中学2009届毕业生就跪过。看来,纯阳中学打算让跪拜成为一种校园文化的传统。"(见《南方都市报》2010年6月8日张鸣文章),据我看,学生的自愿恰恰说明了,这种封建文化的传统,已由学校当局"成功"地输入到青年一代的心灵和血液中去了。对比,《南方周末》的编者感叹道:"这样的学校和老师,让人夫复何言?"

看来,跪还是站着,远非一个礼仪形式的区别,而是两种人际关系、

两种文化形态的显现。站,是人格独立,人与人平等地位的显示;跪呢,是屈辱,是低人一等,是奴性的符号。现代人见面普遍使用的握手,双方都站着,无分尊卑,便是完全平等的了。这是当今世界民主风尚、现代文明普及的一种表现,为什么有的人偏偏要开倒车,非要拉回到皇帝一人在上,千万平民百姓齐刷刷跪在面前,俯首帖耳地当奴隶顺民才算"正统"的"国粹"呢?

辛亥革命孙中山废除跪礼已百年,中华人民共和国成立,毛泽东在天安门庄严宣告"中国人民从此站起来了",也过去了六十余年。站,还是跪着,为什么依然是一个值得关注,甚至令人忧心的问题呢?似乎不仅由于中国封建历史的漫长,更在于封建文化的流毒,尤其是奴性心态、奴才性格在一些人的潜意识中依然健在。更可虑的是在如今的"国学热"中,正隐含着一股暗流,仿佛封建时代的一切"文化",都是"国粹""国宝",津津乐道中,毫无区别对待精华与糟粕的辨别。"跪文化"难道也有列入"国粹"的资格吗?重要的不仅仅是"跪"的形式,而是主与奴,民主与封建,人格的尊严或扭曲,精神的自由和萎缩这些现代文明与封建观念的分野,必须要泾渭分明,不能含糊。

国学大师梁漱溟先生曾经一针见血地指出:"中国文化最大之偏失,就在个人永不被发现这一点上。""跪文化"的死灰复燃,可为佐证。在"以人为本"的理念正成为时代思潮的一大亮点而指引着我们前进方向的今天,认真地考虑一下"站,还是跪着"的问题,就显得十分重要了。

奥斯威辛之后

"在奥斯威辛之后写诗是野蛮的",这是德国一位美学家阿多诺的话,经常为人们引用,已成为名言了。我多次读到,几经思考,仍觉未能准确了解它的含意。恐是一句愤慨之词吧,如果人类已经堕落至如此丧尽人性的地步,又不能加以制止,或已不仅是法西斯的罪恶,且亦是全人类的耻辱了。在这样的血腥暴行之前徒叹奈何,写几句诗又有何用?那么,什么是有用的呢?倒是个值得深思的问题。

　　2005 年 1 月 27 日,是奥斯威辛集中营解放六十周年的日子,在那里举行了规模盛大的纪念仪式。我读过报上记者写的报道,还看到有关的摄影图片。其中一张,在浅蓝、深黑的背景前,红烛燃着微弱的、仿佛奄奄一息的光芒,是对死者的凭吊吧。当悲惨的历史已无踪迹可寻,这微弱的星火能否告诉我们点儿什么呢? 我把它视为一个死难小女孩儿怯懦、惊恐的眼神,幽灵的注视。不避"野蛮"之嫌,在一首诗中写道:

　　　　一个小女孩发给全世界的
　　　　手机短信。

　　每年都有人到那里去,奥斯威辛,不过一平平常常、安静的小镇,与波兰、欧洲其他类似规模的小城镇无大差别。作家一平在访问之后写的散文中说:"奥斯威辛,这个词充斥着恐怖,它聚居着无数冤魂。"因而,在那表面的平静后面,总让人觉得"阴气鬼气太重"。不仅由于六十年过去,岁月无情,更由于灾难制造者已将许多罪证销毁殆尽了,大劫无痕,血迹与尸骸,全都灰飞烟灭了。人们通常提到的是"集中营",是关押"人犯"的地方,焚尸灭骨,另有'灭绝营'在,那才是地狱屠场。火车从集中营将"人犯"运过去,不过两三个小时,一列车上的人便"处理"完毕。用的是毒气,尸体在焚烧户中化为灰烬,烧不掉的骨头,由专人捣成粉末,装入袋中扔入河里,让它随波飘失。一千一百多万条生命便在这条"科学"流水线上陆续灭绝,何等高的效率!现在,所有的"灭绝营"均不见了踪影,房屋、村庄、绿油油的草坪上,白色的花朵绽放,将罪恶掩盖得干干净净。大劫无痕,这是一切屠夫、刽子手们无一例外的

手段。若是再加上新纳粹党徒之流伪造的历史谎言,何尝不能将它夸耀为天才的文明创造呢?

大劫无痕终有痕。奥斯威辛的解放,七千囚徒得以幸存,某些来不及销毁的罪证亦得以留下,在大屠杀纪念馆里,人们还能看到死难者残存的鞋和头发。

"鞋,童鞋,皮鞋,女式高跟鞋,堆积在一个二十多平方米的房间里",《南方周末》记者史哲、张立在他们的报道中写道:"有多少人脱下它们的那一刻,还不知道这只是走向焚尸炉的开始。"

而头发,同样堆积如山,是苏军缴获的,有 7.7 吨之多,不过一点点残余而已。不知几多倍于此的死难者的头发,被织成地毯或麻袋,甚至漂亮的背心、披肩,成为商品,化作法西斯的一笔利润收入了,"野蛮"便这样被转化为"文明"了。

浸透鲜血的土地已经被悠悠的绿草所覆;"勿踏草地",在这里有其特定的内涵,因为,"每棵小草下面都有一个人的灵魂"。

这场浩劫,也许是有人类以来规模最大、最残暴、最惨烈的一次,可供凭吊者也仅于此罢了。而能发人深省者,却又远不止于此。

"灭绝营",奥斯威辛以前和以后,灭绝人性的大屠杀并非绝无仅有,只是不及它如此"集中"罢了。同在二战中,发生在中国的南京大屠杀便是一例。往更早处寻觅,远自秦王朝的"焚书坑儒",进入清军入关后的"扬州十日""嘉定屠城",哪一回不是令人发指的血腥和残忍?发生于上世纪 90 年代的卢旺达种族大屠杀,死难者近百万;本世纪日益猖獗的恐怖主义狂徒,几乎每天都在制造爆炸、绑架、凶杀的罪恶活动,其特点不是"集中",而是分散,使全世界所有地方都不得安宁。

"在奥斯威辛之后写诗是野蛮的",那么不写就是了。然而,屠杀的野蛮会因之而收敛么?也许,诗的确解决不了什么问题,理性的思考,追本求源,探究大屠杀是怎样发生的,如何方能制止,总是有益的吧。

找一本反面教材,希特勒的《我的奋斗》不妨一读。只有日耳曼人是"地球上最高级的人种",有权主宰一切,这是疯狂屠杀犹太人的"理论根据";决不允许"民主政治那种无聊的玩意儿",这是实行独裁专制的赤裸裸的"宣言"。可以说,古今中外一切野蛮的屠杀,疯狂的扩张,都是以残暴的统治人民,剥夺他们一切的权利,尤其是思想言论开始的。从秦始皇到希特勒,古今中外,概莫能外,包括那些以"革命"或其他美丽招牌为掩护进行的虐杀勾当在内。最近的例子便是恐怖主义在伊拉克频繁的"自杀性爆炸",当伊拉克人民进行民主选举之日,恰是其疯狂破坏掀起高潮之时,这足以证明,他们最害怕的便是人民的觉醒、自主,是自由、民主和现代文明。

记忆与遗忘的抗争也是不容忽视的一环。一切独裁者和大屠杀的刽子手们,总想千方百计毁掉罪证。遮掩斑斑血迹,受难者的遗忘正中其下怀。不幸的是漠视与遗忘总在冲淡着人们的记忆,帮助逃罪者逃脱历史的谴责。以民族主义、爱国主义为掩护来美化历史人物暴行的言行,尤值得关注。日本极右翼势力以至政府高官每年去参拜战犯亡灵,不断地修改历史教科书妄图抹去南京大屠杀等侵略的踪迹,便是一个典型的例证。

那么,"在奥斯威辛之后写诗",如果是揭示历史的疮疤,提醒人们莫忘历史的教训,警惕法西斯或其他诸多变种的死灰复燃,是否也是野蛮的呢?著名思想家、作家埃利·威塞尔先生,是当年集中营的目击者、幸存者,他多年致力于以记忆对抗遗忘的工作,我曾读到他搜集到的一些幸存者所写诗篇。其中有一个叫泰尔的小男孩,留下这样四句诗:

> 一个小花园,
> 和一个小男孩走在它旁边,
> 当花朵开放,
> 小男孩将再也不在。

花朵一样的孩子,发出了如此恐惧、绝望的"预言",比一切控诉更足以使每个有良知的人们为之心颤。

这样的诗,也是"野蛮"的么?

吴冠中如是说

吴冠中先生离我们而去了。一位艺术大师,他的画是中国当代画坛的宝贵财富,这是无需多言的了。我以为他之所以成为大师,不仅仅是由于终生致力于传统画中国画和西方现代画的结合,在"油画民族化""国画现代化"创作上,取得了巨大成就,更在于他不仅仅是一位画家,而且是一位思想敏锐、开放,具有卓越见解、敢于说出自己真知灼见的人物,这一点,也许比他的艺术成就更值得我们品味和学习。

"在我看来,一百个齐白石抵不上一个鲁迅的社会功能。多个少个齐白石无所谓,但少了一个鲁迅,中国人的脊梁就少半截。"吴冠中如是说。

这是在贬低齐白石么?我想,不是。齐白石作为一个画家的地位,是贬不了的。吴冠中以齐白石与鲁迅相比,目的在于强调思想和思想家的重要性。我之所以对他这段话产生了强烈反应,则是有感于当下中国思想学术界的某种态势或"倾向"而生的。

改革开放之后,社会转向和平安定,对和谐社会的向往,更使许多人有了"放马南山"的愿望,这自然可以理解。而物质享受的追求对于精神生活的遮蔽与取代,娱乐性消费文化的弥漫对于严肃文化中思想性的消解或侵蚀,也是无可回避的现实。这些,都对"少了一个鲁迅"已经无足轻重的社会背景的形成,奠定了基础。而自"国学热"一兴,颇有一种凡属传统都是"香饽饽"的迹象,言必引《论语》,行必尊孔孟之风悄

116

然流行。于是"五四"新文化运动便成了"过时货",不吃香了。而鲁迅，理所当然地被冷落，他的骂人和"非孔'，便成为"秋后算账"的目标之一了。吴冠中先生"少了一个鲁迅，中国人的脊梁就少了半截"的警句之所以值得重视，我是在这样的"时代背景"下加以解读的。

吴冠中是从绘画和文学的差异上来说这番话的，他说："越到晚年我越觉得绘画技术并不重要，内涵最重要。"绘画艺术具有平面局限性，许多感情都无法表现出来，不能像文学那样具有社会性。"内涵最重要"指的是思想内涵。绘画不如文学，齐白石抵不上鲁迅，核心观念、关键词便在思想这一点上。他的说法自然是有根据的，但也有例外，譬如漫画，便是可以发挥针砭时弊、揭示矛盾、讽刺丑恶的作用的。即以一般绘画而论，也并非完全与思想无缘。吴冠中的画便可举以为证。我读过他的一幅画，题作"网"，1999 年第 10 期的《新华文摘》曾予转载。那幅画的主题便是网，捕鱼之网。画面上横竖都是网的展开或折叠，形成了"天罗地网"的格局。这些网具或浓或淡，大都是"写意性"的，有的如同黑色的宽带，粗重而突兀，似丧衣般，象征着死亡的恐怖。有的则像蛇蟒与怪兽，蜷曲着盘曲的身躯。这些网几乎占据了全部画面，只在背景一角，有一泓洁白之水，粼粼波纹屈指可数。三尾鱼在哪里无精打采，无可奈何地游着，它们全然不知等待着它们的网的存在……

网，便是这样的一幅画、美么？似乎说不上。然而它是有内涵、有思想的，足以引发许多思考。

当年，我读过这幅画后受到启发，写过一篇《吴冠中画网》的小文，其中有一段话是这样写的：

"画面上主宰一切的网，不正是为它们而设的么？也许，这三尾小小的鱼，才是画家心目中真正的主人公吧？画家所关注和同情的，到底是捕捞之工具的这庞然大物的网罟，还是毫无防卫和毫无戒备的，可怜巴巴坐以待毙的小鱼呢？"

而今,大师已离我们而去。重读这幅画,重温他的关于绘画、文学与思想之关系的名言,我感到了心情的沉重与若有所失。失去了鲁迅又失去了吴冠中的中国,画家们、作家们与一切的知识分子们,能否从他"少了一个鲁迅,中国人的脊梁就少半截"的沉痛感慨中,获得一些思想的启发呢?

鼠性难移

老鼠是人类的近邻。岂但是近邻,且多同室而居。人在上面住,鼠在地下行,也有在天花板和夹墙中营造幽居的。总之,在近距离的空间生活,"同在一座屋檐下",但并非朋友,更不是宠物。人们养鸡,养狗,养猫,从没见哪位太太手抱一只眼睛滴溜转的灰鼠作为"宠物"而抚摸亲近的。鼠之光临,都是不请自来,强行"登陆",有的则偷偷摸摸,鬼鬼祟祟,昼伏而夜出,纯粹的"地下活动"。

鼠的名声不佳,由来已久。《诗经·魏风》中有《硕鼠》篇,"硕鼠硕鼠,无食我黍! "已有切齿之声了,当然那主要是指活动于田间的田鼠,并有对鱼肉乡民的强横者隐喻之意, 但厌恶鼠属的情绪也是溢于言表的。鼠由户外迁入户内,窃食、啮衣、传播蚤虱,以致引发鼠疫,其危害性就更大了。然而在久传民间的"十二生肖"中,鼠却名列榜首,跃居第一位。卑微鼠辈何以被排到这样尊贵的地位,令人难解。这一历史的疑团,或将成为永久的"谜"了。

鼠是猥琐卑微的动物,从形象到性格,构成一种"气质"。或许正是这一特有的"鼠性",使之取得了一种象征性的"美学"价值吧。若说"审美"不当,称为"审丑"总可以的。胆小怕事,畏首畏尾,獐头鼠目,狡猾刁钻,都是鼠性表现。出洞前东张西望,那双"鼠目"甚小,却有狡黠之

118

情,一转目间便泄漏出做贼心虚、心怀鬼胎之色了。鼠目寸光,在夜色中是看不远的,便用鼠须测量,试探前面有无障碍或危险物。及至窜出洞来,行踪之诡秘,足印之轻柔,节奏之快速,可算得标准的"贼步"。稍有一点动静,它便驻足回首张望,窥测窃视。"抱头鼠窜"的一个"窜"字,十分传神地画出了它的性格特征。我们从一些戏剧丑角人物的动作和面部表情上,分明看到从鼠性中汲取的"灵感"迹象。《十五贯》里那个娄阿鼠的造型和表演,更是活脱脱鼠的化身了。

"龙生龙,凤生凤,老鼠生儿会打洞。"这句曾在"文革"中"风云"一时的民谚,对老鼠也是极尽调侃轻蔑之能事的,却也道出了鼠的一大"优势":善于打洞。它的牙齿和利爪,都是打洞的工具,且因打洞而得到了磨炼才锐利起来。"狡兔有三窟",鼠的窟就更多了。地下洞穴纵横,曲径通幽,很可以打一场持久的"地道战"了。当它听到一点"敌情"——人的声音或猫的声音,立刻警觉地逃窜,口中唧着一根香肠,一段木头,甚至是一茎草棍,迅疾走失得无影无踪,真可用"唧枚疾走"来形容它的。

艾略特的诗中好几次出现了鼠的形象。在"空心人"中,他写道:

> 像风吹在干草上
> 或像老鼠走在我们干燥的
> 地窖中的碎玻璃上

在《荒原》里,他写道:

> 我想我们在老鼠的小径里
> 那里死人甚至失去了他们的残骸

"老鼠的小径"和"地窖中的碎玻璃"为我们提供了一幅阴暗而脏乱

的视角环境,我仿佛看见那惊慌的鼠在碎玻璃碴子上面"急行军",它们的爪子被碎玻璃割得鲜血淋漓了。永远的逃亡者,这是鼠族的一个永难摆脱的宿命。

是人怕鼠,还是鼠怕人。有趣的是存在着一种"互怕"的"双向戒备"。鼠怕人已如上述,是其性格中不可更易的项目,是由它"多行不义",总做着见不得人的"亏心事"所造成的。人怕鼠,尤其是小孩子更怕。他们站在动物园老虎笼子面前敢向里面扔石块,一听见鼠的吱吱的叫声,或见它从橱柜的衣物中猛然窜出时,却惊慌失措地往大人怀中钻。这是一种什么样的"集体无意识"呢?

"老鼠过街,人人喊打",老鼠敢于大模大样在光天化日之下穿街而过,是一种性格上的反常,变得满不在乎了。有的人见而不打,或只喊打不见行动,是否也是满不在乎了呢?两个"不在乎"加在一起,是否会发展成一种"和平共处,人鼠同乐"的"新秩序"呢?这虽然有趣,却未必是令人欣慰的格局吧。

蝉以鸣夏

鸟以鸣春,蝉以鸣夏,蟋蟀以鸣秋。那么,谁来鸣冬呢?想了许久,竟未找出一种相应的动物来。或许,那雪珠敲扣窗玻璃叮当作响,和朔风呼啸而过的吼声,可以聊资点缀么?万木萧疏,一切的生物都瑟缩了,冬天制造了一派沉默的景象,也不必勉强为它寻一个"知音"来捧场了。

鸟鸣清幽,与春的婀娜多姿恰相适应;蟋蟀叫声凄凉,和秋的冷凝气息也是合拍的。而蝉呢,它的发自腹部的尖叫,短促、粗舒、沙哑、狂热,正符合夏季那火烘电燎,沸沸扬扬的暴烈性格特征。蝉是男高音,它的"知了,知了"的呼唤声声相连,天越热它叫得越起劲,是欢呼、赞颂、呐喊助威,充当了拉拉队的角色么?还是呼救、狂鸣,声嘶力竭地发出对于炎热的抗议呢? 这似乎是一个难解之谜。若说是对炎热的抗议, 它为什么在泥土中蛰伏冬眠, 专挑这炎热季节飞上高枝, 粉墨登场呢? 对于它的听众来说, 它的确起到了"火上浇油"、助桀为虐的作用。人们已在炎阳炙烤下热得汗流浃背, 喘不过气来, 再听蝉声四起, 益发地感到烦躁不安了。

蝉声也并不都这样令人厌烦。除这种噪音大合唱之外, 如果在幽静的田园、娴雅的别墅, 一树浓阴, 高高枝梢有这么一只蝉慢条斯理地叫这么几声, 倒也可以为消夏避暑的人们以一定的心理上的调节吧。待炎夏的高潮一过, 蝉声似也趋于"减速"缓解, 不那么"高八度"了。唐诗中两首脍炙人口的咏蝉诗, 都不约而同地舍去合鸣的喧嚣, 将蝉声描绘得清高典雅。李商隐吟到:

> 五更疏欲断,
> 一树碧无情。

是秋之黎明的清冷, 是碧树寒枝上疏疏朗朗寒蝉的哀鸣, 这恐是诗人借蝉以喻志、以遣怀的寄托吧。骆宾王是"在狱咏蝉""在狱"的背景, 决定了他的"蝉鸣"充满了悲凉、疏淡、哀怨的气息, 所谓:

> 露重飞难进,
> 风多响易沉。
> 无人信高洁,
> 谁为表予心。

分明是借寒蝉之衰竭, 寄托了被放逐和囚禁者心灵的寂寞罢了, 与我们所熟悉的那热火朝天的喧闹蝉鸣, 相距更远了。

汉字象形, 繁体的"蟬"字, 那一个"單"的确使人想到了蝉的形象,

那一双"口"如两只眼,"單"字仿佛是披着薄薄翅翼的蝉身之画像。更为有趣的是与之相近的那个"禅"字,也使人想到佛门中人身披黑袈裟的神态。"蝉"与"禅",引发我许多思绪。

深山古寺,光线幽暗的佛堂中,一灯荧荧,炉香冉冉,高僧端坐蒲团之上,闭目屏气,排除尘世干扰,完全沉入安宁圣洁的静思中去,这便是进入"禅境"了。禅思、禅意、禅悟,排除杂念的专一,超脱世俗的本真,凝神倾心的思考,每易取得一种顿悟,早已不仅属于佛门中人,也被许多学者、哲人、诗家所取法,作为做人、做学问、做诗的获益之佳径了。

我设想,当一位高僧身披袈裟,静坐禅堂,时值酷夏,庭树间众蝉的合奏正无止无休,那鼓噪使树叶子都流汗了。高僧却镇定自若,如坐琼冰。这蝉的千篇一律的浅薄喧嚣,与人的深思熟虑的独立思考,到底谁更深沉,更有价值些呢? 默省于心与夸夸其谈,何者更高明些呢? 那答案是不言自明的了。

鹿死谁手

"呦呦鹿鸣,食野之萍。""呦呦鹿鸣,食野之芩。"这是《诗经·小雅》中的歌词。食草动物的鹿,和羊,和兔一样,有着草一样温驯、宁静的性格。在草原、森林和湖滨,留有它们细长足肢的脚印。那有着弯曲角枝和梅花斑纹的瘦瘦身影,优美地掠过。

我不曾见过鹿在草原奔跑的动人形象,却在我的书案上放了一只鹿的工艺美术品,鹅黄的釉色,微耸的双耳在倾听,它是伏着的,安静中似仍有着心有余悸的神情。这种不安或已潜入到它的灵魂深处,成为难以剔除的存在了。它在我书室平安居住已十余年了,有什么可担心的呢? 光滑的磁质肌体敷上薄薄的微尘时,我便将它轻轻拭去,照顾得相当尽心。它陪伴我、赋予我想象,以至诗美的灵感,这鹿。

也许是在一方青石板上饮水的时候,影子被摄入了湖水的清波;

> 一声枪响,受惊的湖水,溅湿了它柔驯的毛。
> 小小的梅花战栗了。
> 惊恐的逃亡者,不知什么时候,
> 跑到我的书案上来了……

我为它虚构的这一页逃亡史,应是属于鹿的幸运儿的。昌耀书架上的那只,便悲惨多了。他写道:

> ……我才听到来自高原腹地的那
> 一声火枪,那样的夕阳
> 倾照着那样呼唤的荒野。
> 从高岩飞动的鹿角
> 猝然仆倒……是悲壮的。

鹿的命运不过是一切弱者命运的缩写。于是我想起一句流行的话语:鹿死谁手?这是人类为鹿的命运设定的一句永恒的谶语么?死是死定了的,死于谁手,对鹿而言,不都一样吗?

后来我方知,这一认识多么幼稚,无知。"鹿死谁手",哪有好心人关注弱者死活,不过借鹿说事罢了。古代人以追逐野鹿比喻争夺天下,所谓"逐鹿中原"者,乃封建霸主们争夺皇帝宝座的一场战争。鹿死谁手,老百姓何必那么关心?无论谁当皇帝,老百姓任人宰割的命运都是一样,没什么可指望的。

于是我不再关心这句成语,转而想到那个"鹿回头"的民间传说。在海南三亚的礁石丛边,一座山峰拔地而起,其形颇似鹿在回头窥望。传说谓:狩猎的黎族小伙,将鹿追至天涯海角,那鹿见无路可逃了,就变

123

成一位美女,成全了"追逐者"的美满姻缘。我不欣赏这个故事。"回眸一笑百媚生",这鹿回头,居然毫无怨恨,投入了狩猎者、袭击者的怀抱,未免太卑贱了吧。当然,它不过是人类的编造,是强者为弱者树立的一块"样板",一张诱人的"招降书"而已。

玻璃是透明的

用一只玻璃杯子饮水,洁白的杯中盛上干净的白开水,素洁而淡雅,真的是一尘不染。若用来泡茶,从杯外看得见那茶叶渐渐舒展,似一条条小鱼浮游,水的颜色淡淡地青,渐黄渐绿,于是你端起杯来呷那么一口,茶味儿正浓。

以玻璃缸养鱼,可以远远地观察鱼在水中的各种泳姿。仿如一团乌云的"墨龙",悠悠展开的"凤尾",摇着两只小电灯泡似的"水泡",正在碧绿的水草间穿梭游戏。鱼跃于水而人观于壁,便是养鱼人的一种乐趣了。

我喜欢站在窗前看外面的世界,一只飞鸟掠过,一群飞鸟联翩而来,遥远的天边燃烧的残霞和隐约可见光秃的山峰间登山者的背影,以及马路上来来往往边走路边持手机言说不已的行人,玻璃置身其间,它反映一切而不致一言,既真实又客观,从不隐瞒什么,也不遮蔽什么。

玻璃是透明的。

做一个人比作一块玻璃难多了。保持透明度不容易,一尘不染就更难了。也许,孩提时代,或者初出茅庐的时候清清白白,干干净净,入世愈深,愈抵不住从四面八方不断袭来的种种诱惑、熏染和腐蚀。尘埃落定之后,便积淀为覆盖心空的一片乌云了。

玻璃是透明的,却也脆弱。

　　它自身无力防范和抵挡各种脏点斑点,污渍的降落涂抹,只能依赖于清洁工的擦洗。一扇玻璃窗,传递着阳光的温暖和月色的幽幽,却经不住哪怕一阵微风携来的沙尘的玷污,更不必说暴雨中泥泞的黏附。

　　玻璃是脆弱的,不堪一击。

　　小小石子的轻轻一掷,便足以使它碎裂,愤怒的砖石或者木棒的轰然而至,顷刻间便粉身碎骨了。

　　欧阳江河在他的《玻璃工厂》一诗中这样写道:

> 最美丽的也最容易破碎。
> 世间一切崇高的事物,以及
> 事物的眼泪。

　　玻璃的透明来之不易。它的脆弱、易碎,正是由于这种透明和美丽吧。然而玻璃也有它的愤怒和抗议。它被击中时发出的那一声尖叫,是锐利和震撼人心的,不仅仅是肉体的疼痛,而且是灵魂的呼唤。唯有这时候,玻璃表现了一个弱者的自尊,比起那些受凌辱而不敢出声,一遇虐杀就低下头颅,一辈子都忍气吞声的奴隶们,要高贵得多。甚至连破裂了的玻璃碎片,也不甘于死亡。即使一片尖尖的角,也保持着直线的坚硬,而从不弯曲,袭击者的手指稍一触及,便会碰得鲜血直流,这时候,它会获得一种复仇的决愿么?

第四辑 诗是一种慢

诗是一种慢
——我的诗路历程

一

"诗是一种慢。"记不清是谁说的了,这无关紧要。重要的是,我喜欢这句话,并赋予它自己的"解读"。

慢是一种生成的过程与节奏。对于一个真正的诗人来说,诗的生命即人的生命,是以毕生的投入持续和延伸着的。

一首诗的灵感从初萌到落定纸上或许要跨越几十年的岁月。

耐读的诗经得起一遍遍反复,此之谓不朽。

当我回顾自少年时代以迄于岁暮晚年的诗歌历程,才恍然从走过的一条弯曲小径中,检点那些深深浅浅的脚印,从中找到了它的脉络渊源,并更深地理解了"诗是一种慢"这句话的特定内涵。

二

还有人说:"诗是语言的狂欢",或亦有其片面的道理,它适用于某些即兴诗,一挥而就的才华喷涌与灵感骤现。

据我看,语言不过是些叶子,诗扎根在诗人的灵魂深处,诗是诗人对世界独特体验、感受的情绪性表达。

昌耀所谓"灵魂的歌吟",或亦含此意。

126

诗人的代表作未必一定是最优秀的,却必须是真正代表其人格,其对人生的真切体悟和独特感受的结晶。以此标准要求,每位诗人的代表作有限,却是精华所在。

三

我来到世界的时候,太阳落山了。我降落在夜的怀抱里。

我染上了它的忧郁。

这或许便是我的诗与我的人生、性格之血肉联系的一个最简捷的说明。

我的童年与少年时代所生活的小城是古老的。灰黑瓦的房顶,青石板铺地的小巷,一圈负满岁月风雨和战争弹痕的欲倾的城墙,设定了命定的底色,像是矮屋檐下多病母亲的叹息。父亲总是阴云密布的脸,半夜里传过来古刹钟声,与巡夜老人击响更柝的声声回响。而我又是一个自幼便敏感多思、感情脆弱与性格内向的孩子,却又过早地遭遇了死亡。至今都难以索解的是,那个小城里为什么有那么频繁的丧钟传出。小时候,走到街上,常碰到的便是送葬的行列。避开、躲藏与逃脱,怕见那拖在地下留有毛边的白色丧服、孝帽,披挂着垂肩麻绳的"孝子"形象。他们哀哀地哭泣着,歪歪扭扭地尾随黑漆的棺材向前挪移,节奏十分悠缓。死亡的阴影遮蔽了我童年的阳光,唢呐的呜咽竟深印在了灵魂深处,难以拂除。

哦,人生!它揭示给我的画面如此阴暗而沉郁,我只得悄然承载它的赐予而无从甩脱。

在题为《忧郁》的一章散文诗里,我曾写过:

> 我想划着一只小船,
> 满载着沉甸甸的忧郁,
> 划出去,划出去……

127

这一只"小船",便是我的诗了。

四

水是我的诗,又一个重要的摇篮。

十三岁,我在战乱年代离家,独自去乡间一所中学念书。夜晚长河上的一只小舟载着我孑然运行。撑船的艄公时时哼起哀歌,在水声激越地击打船舷的静夜里回旋,船头的风灯照出两岸急速退去的田野、树林、茅舍与坟茔,这黑黝黝的苍茫大地,何处是尽头?等待我的又会是什么?我顿然感到一种人生渺茫,无所归依的漠然、悲怆与孤独。一夜船行,竟在我心上留下终生难解的乡愁之根,成为我几十年后许多诗篇的抒情种子。水的谣曲,水上漂流人悲剧命运的吟诉,全都源之于此。《串场河》《忧郁之弦》《三只螺》等等,便是其中的代表。

我在十七岁北去徐州,途经扬州。暮色苍茫中看见内河码头上一片忙乱的人影,船工和挑夫扛着沉重的盐包在颤颤的跳板上踏过,一抹夕阳的余晖照射那汗流浃背的黝黑皮肤,这不是伏尔加的船夫曲,是一幅更为阴暗的命运缩写图。20世纪80年代远行巴蜀,在浩浩长江上看见停泊的小船上晾晒着一件黑色童衣,依稀若招魂的青烟飘摇。而在狂风激浪中逆水而进的船上撑篙人,更使我的心灵震撼不已:

木排顺流而下,流转,流转,

江声。月色、楚歌。

放排人撑篙而立,茫茫然你和你的孤独。

江的幽灵,浪的骑士,放排人赤裸着昂昂之躯,如箭出弦。

哗啦啦,哗啦啦,披挂一身冷的冰凌。

狂舞,狂舞,湿漉漉的全裸,冲越魔鬼之谷。

这里有忧郁,却不止于忧郁。写的是船夫,撑篙人,却又何止是他们:

> 生命的律动,唢呐和鼓,死亡是一次凄厉的狂欢。
> 马嘶,龙吟,影的颤动:狂舞,狂舞、狂舞。
> 冲浪而立赤裸,远山之马随你飞奔。
> 鼓声渐远,歌声渐远。
> 放排人撑篙而去,茫茫然你和你的孤独。
> 江是一条忧郁的旋律。

水和水上搏斗者的忧郁,也许,作为人生命运的一个象征性的缩影,亦可。悲剧性的抗争,生命不屈的律动,无止无休地持续,这便是人生。

五

诗是一种慢。我的第一首小诗《槐花树下》写出时才十二岁,最后的封笔之作将在哪一年呢?难预测了,确凿无疑的是,至今我依然有笔在握。忧郁的潜流犹在,它的面目,它的调子却已有了些许的变异。

不断从媒体传送出矿难的消息。每一次都像一把铁锤敲击我心。罹难的矿工兄弟与他们的亲人面临着不同的"陷落"。生命的,或是感情的。我有一近作《陷落》,便涉及了这个悲剧的课题,写的是偏远村落一个白发老人,蹲在夜晚的墙角边等候。等候什么呢?

> 面前摆放一堆煤。这是唯一的依傍,唯一的暖。
> 儿子在矿上。地下. 深井,煤层。空洞洞的黑。儿子陷在其中了……"
> 一个壮实的汉子,眸子灼灼亮,膀粗腰圆,好小伙子哩。

却抵不住爆炸的瓦斯,浓烟呛鼻。矿难是常有的事,陷在其中的人,无一幸免。

背倚墙根的老人,还在那里静坐。

目光枯竭了,水已断流。

却还在等候,等候什么呢……

忧郁内敛了,感情归于宁静,写的也质朴了些。既然媒体报道,自无需回避。诗是更深沉的真,它超越现实,进入人生悲剧命运的深处观察与思考。就诗而言,就诗的美学境界而言,当属于深沉之一格吧。

托尔斯泰在临终时哭号着向人们说:"大地上还有千百万生灵在受苦……"年轻的诗人雷平阳则反复念叨:"社会关怀,是作家永生永世的负载"。当我回顾一生走过的诗路历程时,惊异于牵引我歌吟的那根忧郁之弦,竟未曾断裂。缪斯若不弃我,它将伴我终生……

一个少年迷上了诗

一个少年迷上了诗,这个少年便是我。而今,早已鬓发尽白了,还提那少年的诗作甚?没想到竟然越老越念念于那些"少作",不仅不"悔",还有点津津欲道的兴致。只是,由于岁月遥隔,战乱频频,留在身边的残稿,甚至闪过脑间的残句,已然渺不可得。也曾想,会不会有一天忽从天外飞来一页当年的原稿,或是发在报刊上的"佚文"呢?

奇迹还真的出现。最早是在几年前,青岛大学的刘增人教授为我寄来了发表在上海《文潮》月刊的一首小诗:《小村》,那是我最早用"耿林莽"名字发表的一篇作品。今年,赵日茂先生又先后为我从网上搜到了在上海《潮流》月刊发表的万字小说《魂的流浪》,和在《中国文学》发表的诗《孤独的苦吟》。它们都是我十七八岁时的作品,发表在1944年

130

的上海文坛。而我最关心的一首较长的诗《大地,我歌唱》没有"搜"到,只获得了一个线索。赵先生说:"登这首诗的《文潮》五期,北师大图书馆有藏书,您可托人去查找。"我请北京的诗友沉沙先生从图书馆为我抄来了,真的是如获至宝。这哪里像是一个少年人在日本侵略者统治地区写出的诗! 它竟如此充满青春的活力,和对大地、祖国,以及明天的信心与热情:

> 风,吹着
>
> 钢铁的呼啸
>
> 以二十世纪的
>
> 劳动人民
>
> 节奏的音响和
>
> 律动
>
> 吹开
>
> 巨大、鲜洁的向日葵……

如此昂扬的诗句,却是在一种什么样阴郁窒息的环境下写出来的呢? 那"反差"是鲜明的。我对诗的初恋源于十三岁流亡乡野时对自然美的陶醉,在抗日游击区上了一年学,思想感情得到时代精神的洗礼,然后回到沦陷于日伪统治下的家乡小城,参加了地下党领导的文化组织《夜旅》的活动,主编了一份手抄的文学刊物,也写了一些诗和散文。由于家庭逼迫,辍学独身去到徐州,依靠一个堂兄在他经营的货栈中"打杂",实际的身份是学徒,受着严酷的精神摧残与折磨,我的精神和情绪几近崩溃。然而即使在那样的情况下,也没有放弃对诗的迷恋。之后,进了一家私营银行当练习生,仍是"学徒"身份,精神的自由度却大有改善。虽然做的是守着"小窗口"和顾客打交道,握笔的手指被一张张钞票所染污,却迎来了一个写作上罕见的高峰期。两年内我写过两

首长诗《叶子》和《果园城》，拿去请一位诗人夏穆天指教，他给予了高度的赞扬。我和诗人路易斯（即纪弦）通信，在他主编的诗刊《诗领土》上发过短诗。我这时期的诗，在艺术上受艾青、路易斯的影响最大，奠定了我走自由诗而不走格律诗路的基调，这对于我转向散文诗是至关重要的一个基础。而《大地，我歌唱》的语言节奏，则明显地受到田间诗风的影响。

在那样一种生活环境下，我是怎样写出诗来的呢？一些具体的细节已全忘怀。没有办公室，只有营业大厅，一张张桌子紧紧相靠，哪有一点点诗气息？或许只有晚上，一个人在这儿悄悄写点东西吧。宿舍则是一个大统间，排列着十几张单人床，连一张桌子也没有，是根本无法写东西的。至于人，那些同事们，都对诗无一点兴趣。一次，有个叫韩千里的同事，从《文潮》上看到《大地，我歌唱》，朗诵了几句，然后便大声嘲笑起来："呵，这也叫诗？"

当然，我那时的诗，并不都是这个调子，大都有着现实的忧郁感，而不是这种"革命"的浪漫气。在一首题为《枯树》的诗中，我写道：

> 付不出风的苛捐杂税，
> 枯树的老人
> 伸出痉挛的手
> 他的眼泪滴落在地上
> 又被严寒冻结了。

在《小站》里，有这样的句子：

> 小站的灯火
> 落在凄凄的雨中，
> 寂寞地飘摇，

最后一列火车驰过去了

　　孤独无助的,前途渺茫的,被压迫或遗弃的弱者的呻吟恰是那种境遇下人们情绪的主色调。而《大地,我歌唱》是罕见的例外。在这首诗的结尾,写到对于祖国明天的向往,那调子确实是很明亮的:

　　　　明天……
　　　　大地的海
　　　　有
　　　　清凉,鲜洁的气流,

　　　　田禾,露水清莹的
　　　　草原,在成长
　　　　草原,在年轻
　　　　草原,在歌唱

　　　　果树园
　　　　繁花和自由
　　　　都是
　　　　苹果色的绿
　　　　且,满溢以
　　　　柠檬汁味的
　　　　爽朗约清风

　　　　人民
　　　　你的劳动的儿女
　　　　以铁梨 的歌声

以机械 的言语
叩着
生命的步伐
招手
向太阳。

几十年后重读这些诗句,似有一种"幼稚"之感,然而,想想那少年时代的天真和理想,少年时代的青春气息,或许也还有一点点可资留恋之处吧,至少,对于我个人,毕竟从中呼吸到一点记忆之温馨的。

郭风的"风"

我以散文诗的形式,写给一些作家、诗人的《海滨诗笺》,是以致郭风的《木槿,木槿》开始的,"我将你引到一个静静的海滨,白羊般涌动的浪群,松针样起伏的涛声。没有铁栏杆和堤岸的海,似有着更多的舒性。"这一切都似乎有些偶然,他突然来访青岛,我们一道去逛海岸,我忽然从他身上得到的诗情,以及这种赠答式的散文诗笺……

其实也不,从我热衷于散文诗,就为《叶笛》的浓郁诗情迷醉,便和这位散文诗界的前辈作家开始了书信往返,并得到他的亲切关怀与诚挚友谊。他是一个谦虚、诚恳、质朴的人,这从他的诗文与书信中便感受得到,但毕竟还是见了面才有了深刻的印象。

1983 年 8 月 15 日黄昏,他从烟台乘车到青岛,我去车站接他,的确是"从暮色苍茫中迎来白发稀疏的老人。"但他并无老态,而是热情充沛,谈锋爽健,操一口福建式普通话,有着南方人讲话特有的快节奏,声音不高。我把他送到南海饭店的十七层高楼上。第二天,陪他游青岛海滨,从八大关、太平角,到栈桥、鲁迅公园,沿途只坐了一小段公共汽车,主要是沿海踽踽而行,边赏海景边闲话。他是颇负盛名的老作家,但因为我身无半官手无寸权,竟无一辆轿车伴行,他却并不在意,这也体现了他的平易近人和豁达大度。我们走到太平角海滨的一个涛声喧哗的海角,同行的作家何为先生说:"这里有点像鼓浪屿。"郭风说:"比鼓浪屿好多了"。我们走到太平角海滨的一条马路边,那里的几株木槿正开花,郭风在路边欣赏那洁白朴素的花朵,为之神往。他是一个对大自然、对花朵和树木有着特殊感情的人,他熟悉这些花,在他的作品中都赋予以智慧、情感、童心和诗魂。这使我写下了这样的诗句:"洁白的木槿花开了,连一点杂色也没有的,纯净的花朵,像你的心。"

走到栈桥,郭风请我们喝冷饮,是冰镇的橘汁吧。沿着栈桥,我们谈散文诗,他说,现代派可以学,古今中外都吸收,吸收了再溶化。对散文诗,他主张有时代性、民族性,并尽可能有点乡土性,还要有个人的艺术个性。我说:"有些年轻人学你,从形式上学,重复的叠句,等等,"他说:"我已不这样写了,我在试探新的手法。"

看过海产博物馆,在鲁迅公园的石阶边,我看出老人有些累了,他的白皙的脸上流着汗,用手绢轻轻拭着,他想回宾馆休息了。

事情过去一年,到 1984 年 10 月,他第二次来青岛,是为主持华东六省一市中学生作文评选活动的。我去看他,在他住的饭店小花园的石块边促膝而谈。又过了一天,10 月 25 日,我们再次去访问他与我同游过的那段海滨。那是个晴暖的下午,阳光很好,我们又找到哪个木槿花开的路口,当他找到那棵树,如见故人般高兴,连声说:"就是这一株,就是这一株!"漫步往返达两小时,他毫无倦意,兴致很浓。我们谈得最多的自然还是文学,谈到现实主义,他主张弘扬宽泛意义上的现实主义精神。他说:"我们不要在地上爬行的现实主义,要有想象。"

我们第三次聚晤是 1986 年,在水光山色分外清丽的四川乐山了,中国散文诗学会的年会在那里召开。报到那天,下车抵达就日峰顶,已是天黑时分。住定,我到他房间拜望。行色匆匆,他尚未安定下来。与他

同行的陈文和同志找他要钱去交旅宿费,我见他解下裤带,从内裤所缝的插袋中掏出一沓钞票,其神态的庄重与拙讷,使我深深觉得这是一位来自农村小城镇的忠厚长者,当代散文诗坛的一位大师,于旅途中亦得小心谨慎地将钱深藏于特制的"保险袋"中,颇使人感慨系之。会议期间,曾去沙湾访沫若故居,坐在会客室饮茶小憩时,我悄悄走到他身边,小声和他说:"山东来的同志,想请你一起留个影。"他欣然起立,走了出来,我们选定了绥山馆作为背景,那是郭沫若早年的读书处。在郭老故居,郭老的读书处与另一位郭老留下一帧合影,倒确是颇为有趣的一段"佳话"。

郭风自 1938 年进入文坛,至今已七十余年,年逾古稀后仍笔耕不辍,硕果累累,他有黎明即起的习惯,在晨光微照中沐浴,然后便伏案笔耕或读书。恰如他自己所说"我在试探新手法",有些作品,将仿佛并无诗意的日常生活素材处理得极有诗味,对生活观察之细微,讽喻之深刻,以及表现手法的创新方面,似均有所超越。但是在他给我的信中却说:"散文诗也许在各文体中,是最难写好的""我近些年来,实际上已不作散文诗,写的都是不足挂齿的小品……"这是谦虚。谦虚是他性格的重要组成部分,体现在他的为人、他的文章,包括谈话时多出之以商榷的语气等等,他的谦虚是真诚的。我曾为他的散文诗《湖》写过一篇赏析小文,发表后寄给他看,他在回信中写道:"收到大札和对拙作的赏析,喜甚。在你的文字渲染下,拙作仿佛能发光,谢谢。"这仅仅是他为人处事谦虚、恳挚美德的一个例证。

与谦虚相偕,是他的对人、对物、一以贯之的温暖、亲和的态度,可以说,一种自由、平等与宽容、博爱的精神,十分自然地体现在他的作品和他对日常生活的应对中。郭风的散文诗,以《叶笛》为代表的那种对一花一木、一山一水的热爱是很突出的,可以说,他是大自然的永恒的歌者。即使在"风花雪月"受到极"左"思潮蛮横干预与批判的岁月,他也没有改变初衷:"我有一个奢望,这便是,我想通过不懈地、持续地运用诗篇,来描绘自然界风景美,以表现一个总的文学主题,即人们的内心如何地在感知自然美,内心有多少对于光明、欢乐和美的渴望,不止的追求,这些,关系到人的情操和道德。"逾到晚年,他的信念似乎逾坚定,认识更深化。他在 2006 年 7 月 25 日给我的一封信中,谈及他新出版的儿童文学散文诗集《竹叶上的珍珠》时,写道:"之所以儿童文学的生命期很长,关键是政治和时事的内容几乎没有,经得起时间的考验。我在上世纪五六十年代也写了不少时事的小文,现在看了,觉得很好笑。"我读后,倒不觉好笑,而是感受到他不断思考和提高自己思想境界的谦虚美德。

他的宽容大度还表现在,当有人排挤甚至中伤他时,能保持冷静,既不屈从于压力,也不计较和争论,而让事实判断是非。他从不以散文诗坛"盟主"自居,指手画脚。在给我的一封信中写道:"现在,是让大家随意写、随意采用自己喜欢的手法来表情达意,报界、评论界同样不要干预太多,最好是不要乱出点子,谁爱写什么,想怎么写,由本人做主。你说是么?"我想,这是完全符合多元化发展的要求,符合创作规律的主体,也体现了他的宽容精神。

"我老了,一向遵守'宁静'二字,心绪一直正常。"他在信中这样说。但却依然对散文诗和文学事业一如既往地热情关注,勤奋参与。"好雨知时节,润物细无声",一种温暖而质朴的风亦如斯。郭风的为人、品格,他的散文和散文诗,便是这样一种和煦而温暖的风,使所有受过沐浴的人感受润泽,恒久难忘。我便是深受其人格与美学之风熏陶过的众人中一个,因而时常心怀系念,并诚挚地期望他继续为我们倾注诗之美的明丽光辉。

手是无辜的

一

手是人体中最活跃的部分。手在劳动,手很辛苦。

然而它仅仅是工具,一切听命于脑的指挥。十指尖尖,十指尖尖的手终日劳累。

紧握铁锤的手,悬在高空为万丈高楼砌上一块砖又一块砖的民工的手,守望麦田弯腰割下一堆堆瘦长麦穗的手。

诗人刘赞科写道:

风,漫山遍野,扫着落叶,

深秋的树,瘦成无数手。

一无所有的树枝,被搜刮一空的树枝,便是手们所以瘦削,并索索抖动的原因吗?

这个话题过于沉重,我不想说。

二

只想说一个男孩子的手。关于他,我写过一章散文诗,题目叫《时间的嫩枝》:

时间的嫩枝上,每一片叶子都是绿的。

我却总听见你,悄悄走过竹林的脚步小心翼翼。

生怕踩碎了一只越路而过的虫子,或是

草叶上的露。

138

芒砀之间,叱咤风云,斩蛇起义的英雄远矣远矣。留下黄河古道一段干涸的瘠土,荒废的小亭衰草萋萋,

依然有蛇蝎们出入。

穿过竹林,农家小男孩,瘦瘦身姿,怯弱步履,总怕冒犯了谁。

阳光拨动竹叶的一滴水珠,落在你的眉尖上了,银子般闪闪。

阳光,竹叶,青草的香气息,染绿了你的手指。

我把它们唤作:时间的嫩枝。

这个男孩叫陈劲松,他的家乡是安徽砀山,有名的砀山梨产地,也是汉刘邦芒砀山斩蛇起义的地方。这男孩性格内敛,生来怯弱,又十分干净,善良。六岁时玩弹弓,和小伙伴比赛打树上小鸟,他目力不凡,或是手劲不错,"唰"地一下便击中目标,一只鸟陨落坠地。伙伴们拍手叫好,邻家老太太也称赞不已。然而他害怕了,或许不是怕,是做错事心怀不安。他藏起那双干净的小手,不敢抬头望梨树的枝条。晚上,鸟在巢窝里拼命叫,是在唤不归的孩子吗?一夜失眠,受着内心谴责的男孩睡不着了。

不幸的是他上小学时,遇到一位女老师,夸赞和鼓励了他写的作文,竟让他一步步迷上了文学,迷上了诗。更不幸的是中学时写的散文诗发表并获奖了,邹岳汉先生在他主编《2001中国年度最佳散文诗》选本中,将他的作品排为"首届"列于全书之冠,这便将他推到了一座艺术殿堂的檐角下,走不脱了。

他的手指染上了深深的墨渍。

三

2002年湖南的《散文诗刊》在青岛办笔会,他受到邀请后打电话询问:"有个叫耿林莽的老师会参加吗?"主编冯明德先生说:"能。"他便从迢迢千里外的青藏高原赶到海边上来了。那时这个老人对他几乎一

无所知。"陈劲松?"模模糊糊与小说家陈应松的名字混淆起来,陈应松也写诗的,曾有过一面之晤。但是,站在面前的却是个瘦瘦的、很精神而又有几分羞涩的大男孩,也不过握握手而已。他发言,两次被一位同志打断,他并不在意,谦虚地笑着,然后继续说。我发言的时候,注意到他的目光和浅浅的微笑中,隐藏着一种温和、宁静和信任交融的东西,说不清,却感觉到了。散会后下楼梯,他悄悄走过来,伸出手轻轻搀扶我的臂,随便说了几句什么,已忘却了。我其实还不曾到必须人扶才能下楼的地步,也不喜欢那种献殷勤的关怀与照顾。然而他的手是轻轻的,仿佛不经意,不存在似的存在着,又如此小心翼翼。先后两次下楼梯,我注意到了他的手,瘦长,纤细,第一次发现人的手指竟会如此地绵延多姿。

"你的手指,像竹枝,一节一节,这样修长,又如此瘦削。天生寒意,摇荡着风声竹声,在流。"

这是我的描述。而在他后来给我的一封信中提起这件事时,是这样说的:"扶你下楼,觉有些话用手说出来更好些。"

这次难得的聚晤,其实未及深谈。他说他想找我,又不好意思,他是很内向的。临别,他送我到宾馆大楼的台阶,我内心希望他能再送我一段,谈点什么,可他说:"我上楼去收拾收拾东西,下午要去崂山。"我不好说什么,只有分手。

四

从温暖的中原大地到寒冷的西部高原,这样的"大迁徙"是父母的安排,是让年轻人离开贫瘠乡土寻求生路的唯一途径,便也算是命中注定了。从德令哈就读,到格尔木定居,他在高海拔的缺氧带生活已十年多了。

一切都只是路过:

流水,风,那些被大风搬动的石头,

那些野花寂寞的红,还有那些

被生活搬动的身影……

格尔木,我栖身的西部小城,我脆薄的心事正一次次被梦境和诗歌翻动。

这便是年轻诗人那平静而又柔和的诗句,娓娓动人。然而他生活得并不如意。先是在一家银行工作,纤细的手指从诗页移到一沓沓钞票堆中,每天要与一串串枯燥的数字为伍。以后转到一家报社记者站跑新闻。天真的诗人以为"记者"和"文字"有缘,岂不知那些"本报讯"和他所迷恋的诗歌相距何止千万里。一年的实践使他无限苦恼,终于主动请辞了。退向何处去?写诗吧。诗能养得活人吗?在一封信中他这样写道:"生活陷入了压抑郁闷之中,很难排解,甚至连爱情也不能带给我真正的快乐。"

敏感而又无助,善良并且柔弱 孤独内向,讷于言。他说他像"一只悬在空中的瓷器",随时有被撞击虎碎片的危险。他习惯于晚上先睡一阵,下半夜起来写点什么。他给我的第一封信便是深夜命笔直到凌晨,整整用去四个小时。这使我深受感动。

更使我感动的是他的诗。明净,简洁,有一点像水,比水还冷一些,像雪吧。他喜欢雪,格尔木是多雪的。我曾在《青海日报》介绍过他的散文诗,题目便是《白雪照亮的诗篇》。

站在这个下午的低处

把一个词语放进一首诗歌

这是在用笔移植一束阳光

或是火苗么

那首诗歌还未写完

那个借着阳光写诗的孩子还未来得及
做完一个手势
天已暗了下来

这首短诗如此朴素地写出年轻诗人的追求和遭遇，或许也是当下一些执著于诗的人们共同的命运吧？其实，天暗下来也无妨，点起灯，诗还是要写下去的。"把你的手势认真地做完吧"，我说：

手是无辜的，当那握笔的手，
被一张张银币玷污，磨损了的指头，
还属于你吗？
手的竹枝上，风还在栖息，雨还在睡眠。

这是我今日写的一章散文诗中的一段："手是无辜的。"我说：

把你的写诗的手伸出来吧，伸出来。
伸出就是美。

沈从文：家书见真情

沈从文先生离世后，他的读者，于深切怀念中总感遗憾，总觉难以释怀的是，在他的后半生，本该写出许多更见光辉的作品，却几乎为一片空白所取代了。惋惜之余，不免时生幻想，什么时候如能从哪里发掘出他的一些"佚文"，一些尘封着从未面世的文字，那该有多好！没想到，这"幻想"竟成现实，由先生的次子虎雏编选、夫人张兆和审核的《从文家书》面世了。这是他和夫人多年来相互通信的一个弥足珍贵的选本。

杜甫诗云:"烽火连三月,家书抵万金"。这本书的出版,为这两句诗闪出了新的"内涵"。这些信的价值,远远超过了"家书",不但对于他的家人,而且对于他的所有读者,都是"抵万金",甚至超过了"万金"的。它使我们对这位伟大作家的人格、思想、感情和文学观,平添了许多新的认识。而其文学价值,则丝毫不亚于驰名文坛的优秀名篇如《湘行散记》之属,亲切雍容和潇洒随意的情趣,或有甚之者。

一

人们经常探讨、谈论的一个话题是,先生改行于博物馆中从事古文物的研究后,他的文学创作就基本上结束。流行的说法是他对于历史文物早有兴趣,且工作认真,全身心投入,似乎心安理得得很。是这样的吗?汪曾祺先生说:"沈从文不痛苦,他很寂寞",仅止于"寂寞"吗?恐也未必。沈先生是一个性情温和的人,他的痛苦是隐在内心的,从他的《家书》中,我们终于获得了最真实、可靠的信息,原来,他之被迫放弃了创作,游离在文学之外,成为与"出土文物"为伍的另一种"文物",其实并不是那样地心甘情愿,而不痛苦。

1949 年 5 月 30 日写于"北平宿舍"的一段文字,更为集中地体现了他当时的苦闷心情:

……世界在动,一切动,我却静止而悲悯的望见一切,自己却无份,凡事无份。

我在搜寻丧失了的我。

很奇怪,为什么夜中那么静。我想喊一声,也想哭一哭,想不出我是谁,原来那个我到什么地方云了呢?就是我手中的笔,为什么一下子会光彩全失,每个字都若冻结到纸上,完全失去相互间关系,失去意义?

如果说这段话是在一种精神异常的情况下的愤激,恍惚迷离,到

1956年,他的生活与心情已恢复正常。在随政协访问团去湘西时,在长沙写的信中流露的情绪,就更准确地说明这位杰出的作家是始终恋着那支生花妙笔的了。他写道:

　　我每晚除看《三里湾》也看看《湘行散记》,觉得《湘行散记》作者究竟还是一个会写文章的作者。这么一只好手笔,听他隐姓埋名,真不是个办法。但是用什么办法就会让他再来舞动手中一支笔?简直是一个谜,不大好猜。可惜可惜!"

　　用的是自嘲、调侃语言,一种酸溜溜的情味自在其中。从这些"家书"中我们看到了一个真实的、完整的沈从文。他是谦虚的,也是自信的;他是寂寞的,又是不甘寂寞的。

二

　　虽然,沈先生被迫放弃了他的文学创作,但他对社会事物的观察入微,感情的细致深沉并未丧失,而语言风格的清淡隽永,并极富诗意色彩,则依然是当年风采。从这些"家书"中,不时能看到闪闪发光的优美文字,获得极高的审美满足。

　　沈先生对水有着深厚的感情,他的许多在水边写成和写水的文字,特别富有艺术魅力。在他给三姐的信中,便有不少这样的美文。在《湘行书简》中有一题为《历史是一条河》的信,堪称不朽之作。请看这段:

　　我轻轻地叹息了好些次。山头夕阳极感动我,水底各色圆石也极感动我,我心中似乎毫无什么渣滓,透明烛照,对河水、对夕阳,对拉船人同船,皆那么爱着,十分温暖的爱着!""我看到小小渔船,载了它的黑色鸬鹚向下流缓缓划去,看到石滩上拉船人的姿势,我皆异常感动且异常爱他们……不知为什么,我感动得很!我希望活得长一点,同时

144

把生活完全发展到我自己这份工作上来。我会用我自己的力量,为所
谓人生,解释得比任何人皆庄严些与這人些……

　　如果说水赋予了沈从文水一样的性格,这段话可以作证。"透明烛
照",便是水的澄清,水的智慧,感动,愛着,温暖地爱着,如此易于动情,
充满爱心的作家,才会从心灵深处,澔流出美的诗文。

　　色彩和声音、风景、阳光、月色所构成的种种氛围,都极易唤起他善
感的"情弦",尤其对声音十分敏感。青听他笔下的鸟声:

　　小院子已绿成一片,老树也绿了,终日有八哥在树上叫,黄昏前尚
叫个不止。……便在雨中,也有雀鸟叫……

　　更使沈从文动情的是音乐。1955 年在济南写的一封家书中谈到他
听到钢琴时的感受:

　　早上钢琴声音极好,壮丽而缠绵……琴声越来越急促……感染到
一种不可言谈的气氛,或一种别的什么东西。生命似乎在澄清,我真美
慕傅聪,在他手下生命里有多少情感、愿望,都可变成声音,流注到全国
年轻人心中,转成另外一种向前的力量!

　　音乐掀动灵魂深处的波,恒人精神崇高,感情净化,对生命的爱,对
人生激起献身的欲望。这也正是沈从文所以能创造出那么多真切感人
的作品来的内心源泉。作家的灵感、敏感、智慧,对于美的异于常人的
感知力,都不是孤立的东西,一丝一缕均与作家的人格、心灵,作家对
人生、对人类的爱和悲天悯人的阔大胸怀息息相通。

三

　　家书中还有一点引起了我的很大兴趣,便是他对青岛始终抱有很浓的感情,也可算得"情有独钟"吧。1957 年 8 月,他到青岛时,曾先后给三姐写过三封信。他自己也不知道为什么一到青岛便文思泉涌,一到青岛便来了灵感,一到青岛便有了创作冲动? 20 世纪 30 年代在青岛时如此,那一次来又如此。他信中说:"在这小房间里,五点即起来做事,十分顺手。简直下笔如有神,头脑似乎又恢复了写月下小景时代,情形和近几年全不相同了,如一年有一半时间这么来使用,不知有多少东西可以写出"。他在另一信中试图做一解释,说:"可能是海上空气究竟不大同,或比较适合于我体力。"是沈先生与青岛有缘吧。

　　他在上世纪 30 年代在青岛工作和居住时,留下了十分美好的记忆,也是他一生创作最丰收的季节,因而,总是念念难忘。1956 年 10 月,他在济南写给三姐的一封信中,有一段话回忆在青岛时的生活,十分动情,他写道:

　　记得一九三一这么一个天气,我一个人走到青岛那个(福山路?)高处教堂门前,坐在石阶上看云看海,看教堂墙上挂的藤萝。耳听到附近一个什么人家一阵子钢琴声音。那曲子或许只是一个初学琴的女孩子所弹,或许又是个如'部长太太'那公嗲的女人弹的,都无关系,重要的是它一和当前情景结合,和我生命结合,我简直完全变了一个人。我只想为人、为国家、为别的什么做点事,我生命中有一种十分"谦虚",又十分"自信"的情绪在生长……

　　《从文家书》中除沈先生的信外,也有三姐张兆和的一些信件,三姐应是最了解沈先生的人了。但是她在《后记》中说:"我不理解他,不完全理解他。"又说:"真正懂得他的为人,懂得他一生承受的重要,是在

146

整理编选他遗稿的现在"。

读过这本《家书》之后,我完全认同了三姐对沈先生所下的一个中肯的"论定":

他不是完人,却是个稀有的善良的人。对人无机心,爱祖国,爱人民,助人为乐,为而不有,质实素朴,对万汇百物充满感情。

钟子期在哪里?

一

古代艺术家中,有一位伯牙,工音乐,善弹琴。他的名字所以流传千古,似不在于那珍贵的音乐遗产,而在于一种高贵的艺术精神,所谓"高山流水觅知音"者,便是。

故事几已家喻户晓:他每弹一曲,都为他的倾听者钟子期深深领悟。弹高山,子期说:"峨峨兮若泰山";奏流水,子期说:"洋洋兮若江河"。这便是"知音"这一词语的由来了。因一段音乐故事而成就了一则千古流传的典故,派生出汉语中广为人知的一个词语,足见其影响的深远。知音是现象,知心才是本质。伯牙通过琴音,传达了隐于内心的情感,显然,他不仅是弹奏者,而且是作曲家。子期从他的音乐语言中,读出了、读懂了、读透了他心中的所思所想,这才使二人结为不渝之至交。子期不幸早逝,伯牙遂"终身不再鼓琴"。因之而衍生出一种传说了,在失却知音的无限悲痛中,伯牙在子期坟前,摔碎了他的琴。

这一石破天惊的碎琴之声,乃在中国知识分子以至更广泛的民间,惊雷般扩散着不绝如缕的余响,派生出许多引人深思,扣人心弦的启迪与感喟。

于今则尤足珍贵……

二

音乐是从那里来的？作曲家的灵感受之于大千世界，而凝颤于脉脉寸心。所谓创作，所谓才华，所谓独创性，可贵处恰恰在此"心有灵犀一点通"的艺术受孕。唯有这种真正体现了艺术家独特的主体精神，灵魂震颤的作品（无论其为一支曲、一幅画、一首诗），才是真正意义上的艺术创造。并不是所有摆弄艺术的人都能体察及此，尤其不是每个人都能轻易获得和享有。伯牙是一位难得的幸运者，他以难能的坚贞，维护了此种艺术精神的神圣与庄严，他的创作源自内心的感悟和悸动，弹奏出来，便是一种释放，或解脱。创作的乐趣，艺术家的幸福，他的全部追求之焦点，在此。进一步的奢望，便是得一"知音"，有人能倾听，心领神悟，引发共鸣，便是更大的喜悦和满足了。钟子期完成了伯牙创作的最终欲求，他们共同画出了一个辉煌的"园"。然而命运给予的优赐过于短暂，倾听者舍他而去了，知音的缺席成为他最大的不幸和悲哀。哑了的琴，或碎了的琴，是伯牙留给世界，留给后代人的一支悲壮的哀歌。士为知己者死，女为悦己者容，艺术家呢，只能为知音者奏，为知音者歌。

三

伯牙是古人，生于春秋时期。尽管遭遇了失却知音的烦恼，毕竟是幸运的。若晚生百年、千年，碰上封建时代一位暴君，也许就不是自己摔碎了琴，而是连琴带人一并被摔碎的结局了。

伯牙不过是一个参照。在他之后的时代，社会发生了深刻变化，艺术和艺术家的命运，自然也大不相同了。当但知音缺席而已，艺术家的缺席，也已频频出现，会不会有艺术最终也"缺席"之一日呢，难说了。

我想起梵高，这是一位终生困顿的天才画家，以燃烧的向日葵，揭开了世界画史上耀目的新篇。然而他的作品，在生前只售出过一幅，知音何在？穷极潦倒的他患上癫痫病，血淋淋割下了自己的耳朵，是对于寂寞艺术的一种祭奠么,枪口对准了自己的胸脯,这才是最终的一奠。
而今,他的画却在市场上创造了画品拍卖的最高值,这算艺术的知音
么? 恐怕未必。不过是艺术沦为商品的一个典型的例证罢了。

我想起卡夫卡,在贫穷、窒息和结核病的围困下度过短促的一生。
临终,他将全部著作交给一位挚友,不是委托他相机出版,而是嘱咐他
付之一炬。这便和伯牙的摔琴有着惊人的相似了。幸而他的朋友没有
履践约言,才使我们读到一位被埋没的大师不朽的小说杰作。作为一
位艺术家的卡夫卡,在他活着的岁月中,又得到了什么呢?

当然还可以想起沈从文,想起老舍,他们尴尬的生和无奈的死,又何
需多费笔墨,提一提他们的名字便足够了。渺不可闻的伯牙的琴声,竟让
我们坠入了回忆的深渊。哦,知音,知音的缺席,真是一个沉重的话题!

四

而今,我们是生活在一个缀满莺歌燕舞的时代了。艺术家们的命
运,却又遭遇到新的挑战。庞然大牧的市场,是吞噬一切、席卷一切的
大海。艺术家手中的艺术,伯牙怀抱着的那一把琴,何去何从呢?

诗人陈东东悼念海子和骆一禾的文章,命题为:"丧失了歌唱和倾
听"。他说:"我把一禾看成了一个倾听者,一只为诗歌而存在的耳朵,
而海子则是嗓子……"歌唱和倾听,是艺术存在相互依存不可或缺的
两极,海子与一禾的诗歌友谊仿佛是伯牙与子期知音经典的一次重
奏,一种几成绝唱的重奏。

伯牙与钟子期,海子和骆一禾,或者说,歌唱和倾听,基本上是歌唱
者为主,倾听者为客,以艺术欣赏为纽带构成的组合。商品化带给艺术
的最重要的变化是主客关系的易位。艺术成为商品之后,艺术家作为
被市场需求,即"买方市场"决定其"产品"内容、形成、品位、规格的
"客"的一方,被动地、仆从地位的一方。当然,市场不过是一个中介,主
宰一支歌曲、一部电影、一本小说或诗之命运的,乃是市场背后的"芸芸

众生"。他们喜欢什么,你才能"生产"什么。创作云云,艺术家的主体性、独创性、艺术精神、艺术个性、甚至于艺术良心等等,都已成为无足轻重,甚至被践踏、被漠视的因素了。

这才是今日的艺术家所面临的最大的考验,或者,最沉重的一击,知音在哪里? 就这一关系中主客位置形成的过程来说,似乎可以说,已被取消了。

市场上流行靡靡之音,你就得谱唱靡靡之音。大量哥呀妹呀爱得死呀活呀的流行歌曲,扭扭摆摆怪声怪气地充斥于音响世界,便是现实的铁证。打开电视,总会有为帝王将相歌功颂德的"万岁"之声盈耳。诗人,沉醉于"高山流水"意境中的诗人,即使写出品位很高的优秀诗篇,结集后谁会为你出版呢? 出版商们书店老板们但问销量如何,一本书能不能为他带来滚滚财源,哪管你艺术高低! 一位当红的名导演已经放言:"艺术片不过是一节盲肠"。割掉又何足惜。每年,都有若干拍制完成的艺术片被拒之于电影发行公司的门外,艺术家们辛苦劳动结晶的成果只能在仓库里白白地"烂掉"。这些难以面世的诗集,无法上映的电影果然没有知音了吗? 也未必然。只不过在"嗓音"出声前便被市场的巨掌扼断在"嗓子眼"里了,"知音"们又如何能得"知"呢?

艺术家们当然也有不同选择。甘愿被市场牵着鼻子走自然是一条"康庄大道",因之而名利双赢先富起来的一族比"伯牙"们要幸福得多了。坚守艺术之塔的"伯牙"日益稀少,消瘦,或则牢骚满腹,惶惶然不可终日。牢骚何用,惶惶徒然。有一句话叫"挺住就是胜利"! 那是里尔克的名言,挺住当然好,知其不可为而为之不失为艺术家的一种崇高品质,应该受到尊敬。但是,我终觉不怎么靠实,也略显消极。是否还有积极些的出路呢?

五

《荀子·劝学篇》中有一句话:"伯牙鼓琴而六马仰秣"。正在食秣的马听到了伯牙的琴声竟会仰脖而听,其艺术魅力的高超可以想见。马犹"知音",何况人乎？我想说的是,市场的"游戏规则"是建立在竞争的基础上的。说一千,道一万,高雅艺术也好,"阳春白雪"也好,具有崇高思想和优美艺术造诣的艺术,唯有依靠自身的价值,方能在声色犬马的包围中立于不败之地。"打铁还靠自身硬",这是首要的一点。

当然还会想起另一句话:"对牛弹琴"。并非人人可以为"子期"。"最美的音乐对于不懂音乐的耳朵没有意义",这是马克思说的吧,"因为他不是对象"。任何时代、任何社会中,欣赏高雅艺术者只能是局部不会是全部,何况现在是一个趣味多元化的时代。认识这一点才能实事求是地面对市场以及市场后面形形色色的"观众",从中选择、寻觅、争取,以及培养尽可能多的"子期",这是唯一可行的一种积极态度。仅仅依靠艺术家和艺术界还不够,全民族文化素质的提高,艺术欣赏水平的提高,还需依靠决策者、当权者的政策引导,舆论的支持,以及教育者(从小学到大学)美学兴趣的传播,这才是根本中的根本。"德智体美"中的"美育",不应是虚设,这自非一日之功,要使一个民族的艺术创造力和欣赏力不断攀升,岂是一个伯牙两个伯牙力所能及的呢？

路漫漫其修远兮,需我们"上下而求索"。任何复杂的问题,都不可能以简单化的方法求得解决,急是急不得的。

美,无所不在

——札记和随感

爱美或许是人的本性吧。诗人、作家、艺术家们对美尤为敏感、多情。我不幸落在这伙人中,便也不能辜负了。上世纪 80 年代,刚从一场劫难中逃脱,有一阵对美特别"上瘾"。每有所触、所感、所思,便在笔记本上记下,算是"札记"吧。之后渐渐手懒,记得少,或干脆免了。闲来无

事,翻开那些墨迹已淡的字行,竟又博起一种沉醉的思绪,忍不住想从中做一次往事的回眸,略加梳理,或许还值得一顾么?

上世纪 80 年代初,曾在崂山的山山水水间,有过几番涉足,去得最多的是沙子口北面的山野田间,大河东、小河东一带。下面这几段,便是那时记下的:

一重重山,最远处是黑色的,近处是一片灰蒙蒙,而中间填着淡淡的淡蓝色的雾。它们构成浓淡相间的山的剪影向前延伸。阳光射过来时,便变换为一种明朗的亮色。

山和水、和石、和树、和花,是一种冷色。峡谷里的风,冷得像秋天,有一点苍老。

山是静止的,水是流动的,有了水,山便活起来了。它天天和土地说话,和树木、和草、和上山种地的人、和牧羊的孩子说话,和咩咩叫的羊、和树上的鸟儿说话。

而花朵,是它的微笑。

山坡上成片的梨花开了,远远看去,就像枝条上凝满雪花。关于这梨花,有一段札记是这样写的:

那是一个山包,把一片白色的梨花和红色的桃枝全包在里面。

白蝴蝶飞在梨花间,就分不清哪是蝶,哪是花了。风一吹,所有的花都像蝶一样飞动。

还有:

果园里很静很静。苹果树的矮枝上开着娇小的花。山坡上的桃林像绯红的云,而梨花轻轻的,像云一样薄,比雪多一点隐隐的绿色。四

152

周全是山谷,没有人。没有一点脚步声,也没有足印。连风也远远离去了。一瓣两瓣落花坠下的时候,当然也是无声的。

但我像听到了一点声音,很低,很轻,不是叹息,也不是笑声。我将它轻轻拾起来,放在枕边。这一盘花的录音带,录下了蜜蜂留在花瓣上的微语,还有风儿掠过时的欢呼。

对于樱花,我记下的便是另一番感受了:

樱从一冬的枯枝上骤然涌滞枝头,蓬放如火,这是一种占领么?
生命的展放原只需一瞬。
她的花色是极淡的。然后便迅速地谢落了。
生命的展放原只需一瞬。

风也带给我一种难忘的美感:

风是及其微小的,小的谁也不感觉到它的存在,那树上的细碎的叶子,就像谁轻轻活动着自己的手指,或者像婴儿在朦胧欲睡时用小小的嘴吮吸母亲的乳房,小鱼在水面上吐着细微的泡沫。

至于月光,就更具幽美的意境了。这是我在一次乡村月夜的行走中获取的"果实":

每一片叶子下面都潜藏着一角团影。月光有一种病态的美。它的苍白无力的颜色,将黑暗映照得若隐若现。秋风籁籁地吹着路边杨树的叶子,玉米地里一排排叶子,以及灌木丛中的叶子,都有着光与影的搅拌,形成一种猜测不透的朦胧。大路上有晚归的自行车疾驰,一辆拖拉机远远地移动一盏灯火,那山间与海上的烟岚,是不知什么时候撒

下的一道淡淡的帷幕。

对于美的事物的捕捉和欣赏,常常要加进自己的一点思索,一种感情,并不全是客观的"纪实"。譬如,有一次我到动物园去,看到猫头鹰和鹰隼,便写了这样两段札记:

猫头鹰其实是和蔼可亲的,它像一个有修养的知识分子,戴着眼镜,目光是沉思的宁静的,它披着黄色的羽毛,垂着的双翅像大衣一样披在身上,它胸前有极细小轻软的茸毛,在风里抖动。这浅黄色茸毛,是它善良性格与柔和心情的象征。

而那鹰隼、秃鹫,穿着黑色大氅的巨鸟,威武、严峻,眼珠的每一下转动,都闪出冷光,它的勾一样的嘴角下垂,像随时准备出征的挂在弦上的箭。它的性格是阴沉的,有一种满不在乎、居高临下的、完全不知道什么叫畏怯的表情。

美的事物引起美感,丑的事物也有审美价值。一旦揉进了自己的感情,便具有艺术生命力。

荆棘,贫苦人的剑。贫穷的土地上什么也不长,只有荆棘,荆棘,长出刺。

谁播种下仇恨,让他收获刺吧。

这是我看到荆棘之后的感受,联想,其实已经完全是在抒自己之情了。